Atlantis lebt!

Unbekannte Lebensformen im Erdinneren im heißen Thermalwasser entdeckt

Paulo der Erdpate

Impressum:

© Bilder, Fotos & Text:
Paulo, Bad Tölz
www.erdpate.de
Porträtbild Cover: Foottoo.de
Urheberrechtlich geschützt, Vervielfältigung
auch auszugsweise nur mit schriftlicher
Genehmigung erlaubt, alle Rechte vorbehalten.

Herstellung und Verlag: BoD – Books on
Demand, Norderstedt
ISBN 978-3-7481-6779-2

Originalbild: Öl/Acryl auf Holz 120 x 60 cm
Paulo

Ich widme dieses Buch dem Grasfrosch
in meinem Garten.

Möge er noch lange quaken und uns bis
spät in die Nacht hinein daran erinnern,
dass er da ist und genau wie du und ich
mit seiner Geburt seine
Daseinsberechtigung erhalten hat.

Paulo, 1.12.1999

Diese sensationellen Aufnahmen belegen, dass tief unter der Erdoberfläche im Heißen Thermalwasser Leben möglich ist.

Aufnahme 1: Wassertemperatur 116° C, Tiefe 4013 Meter, Druck 243 bar/cm³
Aufnahme 2: Wassertemperatur 120° C, Tiefe 4256 Meter, Druck 267 bar/cm³
Aufnahme 3: Wassertemperatur 124° C, Tiefe 4438 Meter, Druck 293 bar/cm³

Zahlreiche Journalisten waren zur Präsentation der Analysen der ersten deutschlandweiten Tiefenbohrung erschienen. Südlich von München waren seit acht Monaten mit aufwendigen technischen Geräten Bohrungen bis in eine Tiefe von weit über 4000 Meter vorgenommen worden. Neben den erhofften Informationen zu den vermuteten Heißwasservorkommen, machten die Wissenschaftler eine sensationelle Entdeckung.

Beim Pressetermin und der Bekanntmachung dieser einmaligen Ergebnisse kam es zum Eklat und in Folge dessen zu Handgreiflichkeiten zwischen den Wissenschaftlern, Anwesenden Journalisten und Sicherheitskräften.

In der mit Spannung erwarteten Begrüßungsrede des Vorstandsvorsitzenden der Bohrgenossenschaft war zu hören, dass genau hier, wo wir uns alle versammelt hatten, schon einmal vor vielen, vielen Jahren gegraben worden war.
»Damals suchten und fanden unsere Ahnen Wasser. Bereits unseren Vorfahren schien bewusst, dass der Boden an dieser Stelle besonders durchlässig ist. Tatsächlich haben wir diesen Platz nach zahlreichen seismologischen Voruntersuchungen ausgewählt.«

Mit Zuschüssen der EU und des Freistaats Bayern und in Zusammenarbeit mit der TU München, begann die Firma Terra-Hot-Plus aus Helsinki ab 1991 das tiefste Loch der Erde zu bohren.

Man hatte sich Erkenntnisse über die Entstehung unseres Planetensystems und den genaueren Aufbau der Erde, sowie über die Abfolge der Temperatur- und Druckunterschiede zum Erdkern hin, erhofft. Insgesamt waren über 200 Experimente durchgeführt worden.

Heute nun sollte eine kleine Schar von Regionaljournalisten der Münchner Tagespresse den Ausführungen des wissenschaftlichen Leiters, Dr. Werner, lauschen.

Normalerweise berichte ich nicht über solche regionalen Ereignisse, was jedoch die Arbeit von Dr. Werner, den ich persönlich sehr schätze, nicht schmälern soll. Dr. Werner hatte vor einigen Jahren, anlässlich der Nobelpreisverleihung an einen mexikanischen Wissenschaftler die Festrede vor dem Komitee in Stockholm gehalten. Damals saßen wir zufällig nebeneinander und unterhielten uns eine ganze Weile.

Wir hielten dann den Kontakt und verloren uns, wie das sonst so oft geschieht, nie ganz aus den Augen. Vor einigen Tagen nun rief Dr. Werner völlig überraschend und aufgeregt in meiner Wiener Redaktion an und kündigte eine Sensation bei dieser Pressekonferenz an. Genaueres wollte er am Telefon nicht sagen, nur so viel: Seine Entdeckungen würden das gesamte bisherige Bild des Erdinneren auf den Kopf stellen. Ich solle unbedingt kommen und in meiner Fachzeitschrift darüber berichten. Ohne weitere Erklärungen legte er auf.

Nach meinen Recherchen, die ich daraufhin anstellte, war es bei diesen Bohrungen zu keinen ungewöhnlichen Ereignissen gekommen.
Alles schien normal und in keinster Weise interessant genug für unser Magazin. Solche Bohrungen wurden mittlerweile in vielen Ländern vorgenommen. In der Schweiz hatte man schon vor langer Zeit begonnen, mit der Erdwärme der tieferen Schichten zu experimentieren.

Zunächst glaubte ich an einen schlechten Scherz von Dr. Werner, dann aber überkam mich ein mulmiges Gefühl. Weil ich Dr. Werner keinesfalls für einen Aufschneider oder gar Fantasten hielt, beschäftigte mich die Sache den ganzen Nachmittag. Dann sagte ich mir, »lass dein Gefühl entscheiden«, nicht umsonst war ich mittlerweile ein gefragter und gern gesehener Berichterstatter für das Außergewöhnliche. Ich hatte zwar einen etwas unkonventionellen Schreibstil, aber meine Erzählungen trafen den Geschmack und das Verständnis unserer Leser.

Um 17 Uhr ließ ich über meine Sekretärin den erstmöglichen Flug für den darauffolgenden Tag buchen. Mein Chefredakteur war ein ungeduldiger, fettleibiger, aber spendabler Bursche, der die Kostenübernahme für die Reise akzeptieren musste, als ich ihm in groben Zügen von Dr.

Werner und der sich andeutenden Sensation berichtete. Für solche Geschichten war er zu haben und unterzeichnete ohne weitere Fragen meinen Antrag.

»Spätestens übermorgen will ich die Story auf dem Tisch haben«, sagte er nur.

Als ich nach diesem langen Redaktionstag wie fast immer spät abends nach Hause kam, warf ich noch schnell einige Klamotten in meine Reisetasche und ging zu Bett. Zum Glück hatte ich den Großteil meiner Unterwäschestücke erst am vergangen

Wochenende gewaschen. Ich musste nicht nur meine Wäsche, sondern auch den kompletten Haushalt allein bewältigen. Vor zwei Jahren hatte mich meine Freundin, mit der ich elf Jahre fest zusammen gewesen war, verlassen. Aus genau dem Grund, dass ich stets nie vor 22 Uhr heim kam.

Damals stellte sie mich vor die Wahl:

»Entweder du kommst in Zukunft früher oder ich bin weg.«

Ein paar Wochen später, ohne dass wir nochmals darüber gesprochen hätten, war sie weg. Einfach so, ohne ein Wort, kein Abschiedsbrief, nichts, einfach nicht mehr da. Sie hat sich nie mehr gemeldet. Seitdem bewohne ich eine 80-Quadratmeterwohnung alleine. Für mich hätte ein Schlafzimmer mit Dusche und Bad genügt.

Seit diesem Tag gab es für mich überhaupt keinen Grund mehr, früher nach Hause zu kommen. Ich war morgens der Erste in der Redaktion und abends knipste ich als Letzter das Licht aus. Aufgrund meines Junggesellenlebens entwickelte ich ein besonderes Engagement, das zur Folge hatte, dass ich nach nur einem Jahr zum stellvertretenden Chefredakteur befördert wurde. Also hatte der Auszug von Bea auch seine guten Seiten, zumindest für die Redaktion und ich fand zu meiner Erleichterung keine Zeit, über die Trennung nachzudenken.

Mitten in der Nacht vor dem Abflug nach München, es muss so gegen drei Uhr gewesen sein, schreckte ich durch das penetrante Schrillen meines Handys aus dem Schlaf.
Ich griff neben mich auf die Nachtkonsole und legte das Ding an mein Ohr.
»Ja, mhm ... was ist los?«, murmelte ich schlaftrunken.
»Hallo, hier spricht Dr. Werner. Ich wollte nur wissen, ob Sie morgen sicher zur Pressekonferenz kommen. Es ist sehr wichtig, ich habe auf Ihren Namen ein Zimmer im Hotel zur Post reserviert«
»Ja, ja, ich komme.«
»Gut, sehr gut, bis morgen dann!«
Im Display war zu lesen:
»Verbindung beendet.«

Klasse, dachte ich immer noch im Halbschlaf und dafür ruft der mich mitten in der Nacht an. Nach etlichen Rechts- und Linksdrehungen und zahllosen Versuchen wieder einzuschlafen, war ich sauer. Das war es nun mit der Nachtruhe. Auf dem Rücken liegend starrte ich an die Decke. Wenn jetzt Bea da wäre, wäre mir schon ein schöner Zeitvertreib bis zum Weckerklingeln eingefallen.

Ich träumte und verlor mich in der Erinnerung.

Die ersten Vögel zwitscherten, der Himmel verfärbte sich von dunkelviolett zu starkem Rot. Ich stand am Fenster, lauschte und genoss das langsame Erwachen der Stadt.

Das war, soweit ich mich zurückerinnern konnte, das erste Mal, dass ich in aller Ruhe zum Flughafen kam, dort in der Abfertigungshalle noch einen Espresso trinken und in aller Gelassenheit in den Flieger steigen konnte.

Die nächtliche Telefonaktion von Dr. Werner hatte also auch etwas Gutes.

Planmäßige Landung in München. Gate drei und dann zum Schalter der Autovermietung.

»Tut mir wirklich leid, wir können Ihnen nur noch diesen Wagen der Extraklasse anbieten.« Aus irgendeinem Grund gab es keinen Kleinwagen. Meine Sekretärin hatte auch vergessen einen vorzubestellen.

Ich hasse diese großen PS-Monster. Nicht nur wegen der hohen Benzinkosten, die wären mir in diesem Fall egal gewesen, da sie über meine Spesen vom Verlag abgerechnet wurden. Nein, ich mochte diese Kisten einfach nicht. Nun aber blieb mir keine Wahl, ich musste einen dieser Hightech-Spritschlucker nehmen.

»Wir haben leider nur noch diesen Wagen für Sie, er ist wirklich super ausgestattet mit allen Extras und weit über 300 PS.«

Nun ja, es ging also wenigstens schnell. Als ich aus der Halle trat, wurde ich bereits von einem Mitarbeiter des Autoverleihers erwartet.

»Guten Morgen, darf ich Ihnen das Fahrzeug erklären?«

»Nicht nötig, ich fahre bereits seit vielen Jahren Auto.«

Das grinsende »Dann eine gute Fahrt« konnte ich noch von seinen Lippen ablesen, dann griff ich, noch vor dem Auto stehend, nach unten und versuchte den Schlüssel in das ganz offensichtlich gut versteckte Zündschloss zu versenken. Nach zweiminütiger Suche blickte ich nach rechts, der Mann stand mit einem unverschämten Lächeln, welches fast seine leicht abstehenden Ohren verschluckte, immer noch neben dem Wagen. Er öffnete die Tür.

»Soll ich Ihnen nicht doch besser die Besonderheiten dieses Fahrzeugs erklären?«

»Ja bitte, aber zügig, ich bin unter Zeitdruck.«

Er ging um den Wagen herum und nahm auf dem Fahrersitz Platz. Voller Begeisterung begann er:

»Mein Herr, der Wagen öffnet automatisch, wenn Sie sich auf etwa fünf Meter nähern und den

Schlüssel 3 Sekunden fest in der Hand halten. Dies funktioniert über Wärmesensor. Sobald Sie Platz genommen haben, fährt in der Mittelarmlehne eine Konsole hervor.«

Auch ich nahm Platz und es war ein leises Surren zu hören. Tatsächlich erschien wie von Geisterhand eine mit Knöpfen prallgefüllte, glänzende Einfassung in der Mittelkonsole. »Hier, in diese hellbeleuchtet Öffnung stecken Sie den Schlüssel, dann leuchten alle Anzeigen im Armaturenbrett. Ein Zeichen für Sie, dass es losgehen kann. Das Fahrtzeug wird zunächst von einem Elektroantrieb sanft in Bewegung gesetzt. Der Verbrennungsmotor schaltet sich erst nach einigen Metern hinzu, lautlos, wie Sie bemerken werden.«

»Klasse, kann man damit auch fahren und wie halte ich das Ding an?«

»Sie fahren wie bisher in ihrem Wagen Ganz normal. Wenn Sie angekommen sind, betätigen sie bitte das linke Pedal, zur Arretierung aller Aggregate, Schlüssel entnehmen. Beim Weggehen verschließt sich der Wagen automatisch.«

Er zog den Schlüssel aus der Mulde, diese fuhr nach unten und verschwand vollends. Er stieg aus, übergab mir den Schlüssel und wünschte eine gute Fahrt. An seinem fetten, überheblichen Grinsen hatte sich während der zelebrierten Demonstration seiner Überlegenheit nicht das Geringste geändert, ganz im Gegenteil, ich hatte den Eindruck, dass er vorsintflutliche Autolenker wie mich, gerne einer modernen Technik belehrte. Ich wiederholte also die Anweisungen und wirklich, die Mittelkonsole öffnete sich, ich steckte den Schlüssel hinein und im gleichen Moment leuchteten die Armaturen in grellem Blau. Es funktionierte alles genauso, wie er beschrieben hatte. Er gab mir nochmals ein Zeichen das Fenster herunter zu lassen.

»Ach, bevor ich es vergesse, wenn Sie im Fahrzeug einige Worte sprechen, erkennt der Bordcomputer ihre Stimme. Dann können Sie auch alle Anweisungen über die Sprachsteuerung erteilen. Gute Fahrt.«

Meine gute Erziehung ließ mich durch eine Handbewegung ein angedeutetes Dankeschön übermitteln und dann rollte ich in dem schweren Wagen lautlos davon. Ich fuhr die Ausfahrt hoch und kam auf die breite Zubringerstraße, die mich zur Autobahn Richtung München führen sollte.

»Bin ohnehin spät dran, dann schauen wir mal, was du so drauf hast«, murmelte ich in Richtung Auto. Die Dame in der Autovermietung hatte nicht zu viel versprochen: Im Moment meiner Fußbewegung schoss das Gefährt lautlos nach vorne und ich wurde sanft in die dicken Polster gedrückt. Mit meinem Rennleihwagen glitt ich Richtung München und dann, wie es der Routenplaner vorschlug, nach Süden auf die Salzburger Autobahn. 240 Stundenkilometer zeigte die digitale Anzeige, kaum zu glauben, ich schwebte über dem Asphalt und begann mich an diesen lautlosen Luxus zu gewöhnen. Ich begann mich, unglaublicherweise, in diesem Monster wohl zu fühlen und studierte die Instrumente. Hier noch ein Schalter, da noch etwas Unbekanntes. Musik in Konzertsaalmanier erklang und schmeichelte

meinem Ohr. Als ich mich aus meiner Spielfreude riss und wieder dem Verkehr widmete, war es auch schon geschehen: Ich hatte die falsche Abfahrt erwischt. Die Zeit drängte. Ich hatte mindestens 30 Minuten verloren, dann endlich erblickte ich den Bohrturm und die Baustellenfahrzeuge.

Schnell einen Parkplatz suchen. Hier und nur hier rund um meinen Ankunftsort war es erstaunlicherweise neblig. Während der ganzen Fahrt war es absolut klar gewesen, kein Anzeichen einer Wetterverschlechterung.

Erst im Nachhinein fiel mir auf, dass nur schwarze oder zumindest dunkle Fahrzeuge auf dem ausgewiesenen Parkplatz abgestellt waren. Hier waren alle Plätze belegt, sodass ich weiter nach hinten fahren musste.

Beim Aussteigen trat ich prompt in eine große Wasserpfütze.

So ein Mist, dachte ich, das auch noch, jetzt sind mein Schuh und das Hosenbein nass.

Ich tat einen großen Schritt und stand auf einigermaßen trockenem Untergrund.

Ein ungewöhnlich strenger Geruch stach mir in die Nase und auch der leicht graubräunlich schimmernde Farbton der Wasserlache verwunderte mich. Allerdings hatte ich keine Zeit mehr, weiter darüber nachzudenken. Beim Zurückschauen fiel mir dieser Farbton und der plötzliche dichter werdende Nebel erst richtig auf. Aus Gewohnheit nahm ich meinen Fotoapparat

aus der Tasche und machte eine Aufnahme.
Ich kam gerade rechtzeitig in das bestuhlte, ansonsten völlig kahle Zelt. Kaum hatte ich Platz genommen, begann Dr. Werner, der anscheinend

nur auf mich gewartet hatte, mit seinen Ausführungen. Dann stach mir, wie bereits auf dem Parkplatz, schon wieder dieser penetrante Gestank in die Nase und jetzt erinnerte ich mich an diesen Geruch: eine Mischung aus Chlor und Schwefel. So ähnlich hat es in unserem örtlichen Schwimmbad einmal vor vielen Jahren gerochen, damals erlitten zahlreiche Kinder eine ätzende Reizung der Atemwege. Ja genau, ich war mir sicher, genau derselbe Geruch wie auf dem Parkplatz.

Ich saß in der dritten Reihe. Dr. Werner war sichtlich erleichtert gewesen, als er mich sah und nickte mir freundlich zu. Ich musterte ihn genauer. Er schien von seiner Gelassenheit, die ich in Stockholm so an ihm bewundert hatte, einiges eingebüßt zu haben. Die anwesenden Presseleute waren sicherlich nicht der Grund für seine Nervosität. Er war ein alter Hase auf diesem Gebiet, und eine normale Pressekonferenz schüttelt ein Mann seines Kalibers leicht aus dem Ärmel.

Er klopfte mit dem Zeigefinger auf das Mikrofon.

»Ich begrüße Sie alle zu dieser Pressekonferenz, ich freue mich, dass Sie unserer Einladung gefolgt sind. Lassen Sie mich einige erklärende Worte vorweg schicken: Nach zweijährigen Bohrarbeiten und vielen nicht vorherzusehenden

Komplikationen, können wir nun Dank modernster Technik tief ins Innere der Erde blicken.«

Es sei den Wissenschaftlern gelungen, so fuhr Dr. Werner mit sichtlicher Anspannung in seinem sonst so ruhigen Wissenschaftlergesicht fort, nicht nur ein Stethoskop, sondern auch eine Spezialkamera in nie vorgedrungene Tiefen hinabzulassen.

»Es ist uns geglückt, Aufnahmen in weit über 4000 Meter Tiefe zu machen, noch nie hat das menschliche Auge so tief in das Erdinnere schauen dürfen. Die Ergebnisse sind ebenso aufregend wie sensationell.«

Bislang hatten die Kollegen um mich herum etwas gelangweilt ihre Notizen gekritzelt. Als die Worte »aufregend« und »sensationell« fielen, gingen ihre Augen routinemäßig nach oben zum Rednerpult.

»Hier nun erhalten wir, durch die uns zur Verfügung gestellte Technologie, einen Einblick ins Innerste unseres Planeten.«

Er machte eine kleine Pause, in der er sich verstohlen mit einem Taschentuch über die Stirn wischte. Es war nicht warm in dem weiß Raum.

»Unser Wissenschaftlerteam hat anhand der nun vorliegenden Untersuchungsergebnisse, völlig überraschend eine unglaubliche Entdeckung gemacht. Dass es tief im Erdinneren riesige

Warmwasserbecken gibt, ist nichts Neues – das kennen wir ja auch schon von anderen Bohrstellen. Oder denken Sie nur an Island, da reichen die Quellaustritte bis an die Erdoberfläche und es kommt in den Geysiren zu Dampfausbrüchen.«

Hier machte er eine kurze Pause, sein Blick glitt über die anderen Leute zu mir.

»Dass in diesen Heißwasserreservoirs aber unzählige Lebensformen existieren, ist völlig neu. Sie scheinen ohne jegliches Sonnenlicht in schwefelhaltigem heißem Wasser leben zu können.«

Es wurde laut um mich herum, auch ich setzte mich senkrechter und war gespannt auf die weiteren Ausführungen.

Dr. Werner bat mit einem Handzeichen um Ruhe und Geduld, dann sprach er weiter, seine Stimme wurde nun hastig und unruhiger, so als stünde ihm nicht genügend Redezeit zur Verfügung.

»Ja, Sie haben richtig gehört, Lebewesen im Thermalwasser – Fische, Würmer, wie sie auch immer beschrieben werden. Wir wissen noch nicht, wie sich diese Wesen tief im Erdinneren entwickeln konnten, wieso überhaupt in absoluter Finsternis bei diesen extremen Temperaturen Leben entstehen konnte. Wie können sie unter diesen enormen Drückverhältnissen bestehen. Wovon sie leben, wie sie sich fortpflanzen und alles andere über diese Kreaturen ist bislang gänzlich ungeklärt.«

Ein Raunen ging durch die Menge. Ein Kollege, den ich vom Sehen kannte, sprang auf und verlangte nach mehr Information.
Bevor wir jedoch unsere ersten Fragen stellen konnten, wurde ein weiterer Redner vorgestellt.

»Meine Herren, nehmen Sie bitte Platz, wir werden alle Ihre Fragen beantworten. Mein Kollege Professor Steiny, den ich Ihnen heute vorstellen darf, ist ein anerkannter Tiefseespezialist.«
Dr. Werner winkte einen leger gekleideten, braun gebrannten Herrn zu sich ans Rednerpult.
„Professor Steiny hat, wie Sie seinerzeit der Presse entnehmen konnten, bereits vor zwei Jahren im Andreasgraben in 9300 Metern Tiefe Lebewesen gefunden und deren Existenz nachgewiesen.«

Die Entdeckungen waren damals als Sensation um die ganze Welt gegangen, auch ich hatte davon gehört, aber nicht geahnt, dass sie irgendwann einmal für mich von Bedeutung sein sollten. Über die Einzelheiten und Ergebnisse hatte ich damals gelesen. Was mich ein wenig erstaunte war, dass dieser Professor Steiny, der normalerweise seine Reden auf dem internationalen Parkett hielt, hier in der bayerischen Provinz zu finden war. Die Anwesenheit des angesehenen Professors konnte also nur die Bedeutung der Funde unterstreichen.

Professor Steiny griff nach dem Mikrofon und begann mit seinen Ausführungen. Dr. Werner übersetzte fließend aus dem Englischen.

»Dass im Andreasgraben bei einem Druck von sage und schreibe 12,4 Tonnen pro Quadratzentimeter Leben existieren kann, schien bislang unvorstellbar und ebenso unvorstellbar sind diese Entdeckungen, die hier in 4000 Metern Tiefe gemacht wurden.
Auch unter extremen Druckverhältnissen, in völliger Finsternis und in heißem Wasser ist also Leben möglich. Dies hat die Wissenschaft bislang vehement abgestritten. Nun können wir Ihnen Beweise vorlegen!«
Dr. Werner drehte das Mikrofon zu sich.
»Professor Steiny wird Ihnen nun die ersten Bilder dieser Lebewesen zeigen.«

Alle sprangen auf und drängten nach vorne, einige zückten ihre Fotoapparate und versuchten, sich besser in Position zu bringen.
Es kam zum Gerangel.
Ich hatte bereits einen sehr guten Platz und so hoffte ich, die ersten Fotos dieser Unterwasserwelt machen zu können. Dr. Werner hatte also in seiner Einladung nicht zu viel versprochen, es bahnte sich eine echte Sensation an.

In Gedanken war ich bereits bei der Berichterstattung. Die Überschrift meines Artikels stand schon fest:

»Unbekannte Lebensformen im Erdinneren entdeckt – Atlantis lebt!«

Es entstand ein Durcheinander, Fragen wurden nach vorne gerufen. Einige schienen die sich vor unseren Augen anbahnende Sensation nicht recht zu begreifen und winkten ab.

»Alles Humbug, Quatsch, unmöglich.«

»Meine Damen und Herren«, versuchte Dr. Werner lautstark das Wort zu ergreifen, »Seien Sie bitte ruhig, wir werden Ihnen alle Fragen beantworten, jeder erhält Gelegenheit zum Fotografieren. Die Aufnahmen, die wir Ihnen jetzt zeigen – und beachten Sie bitte, dass Sie die Ersten sind, denen diese Bilder gezeigt werden – sind unter extremen Bedingungen entstanden. Da unten herrscht absolute Finsternis und die Temperaturen sind sehr hoch. Das chlor- und schwefelhaltige Wasser ist trüb und lässt keinen weiten Blick zu. Meine Studenten an der TU München haben mit modernster Computertechnik die Wassertrübungen und den Grauschleier so weit wie möglich herausgefiltert. Aber eben nur so weit wie möglich.«

Die ersten Bilder, die stark vergrößert auf Kartons aufgezogen waren, wurden nun gezeigt. Sie waren tatsächlich nicht besonders aussagekräftig.

»Lediglich bei einem Bild ist es uns gelungen, sämtliche Verschmutzungen und Trübungen vollends zu beseitigen. Sie werden mir zustimmen, dass uns eine einmalige Entdeckung gelungen ist!«

Hier sah man tatsächlich Organismen so scharf, als schwämmen sie in klarem Meerwasser.

»Im Übrigen, und das sollten Sie notieren, da es von außerordentlicher Tragweite sein könnte, haben wir eine nicht erwartete filigrane Zerbrechlichkeit der sehr dünnen Außenschichten dieser Wasserbecken entdeckt. Insgesamt scheinen die Hohlräume im Erdinneren deutlich weniger stabil als bisher angenommen.

Sie müssen sich das wie einen gefüllten Ballon vorstellen. Diese Ballons halten mit ihrer Hülle die unterirdischen Hohlräume wie eine Stützmauer. Auch der hohe Druck ist für sie kein Problem. Die Hülle, der enorme Außendruck und auch der Inhalt – in unserem Fall das Thermalwasser – ergänzen sich, sodass eine in sich noch nicht näher erforschte, jedoch stabile Verbindung entsteht. Das Gleiche gilt im Übrigen auch für die anderen unterirdischen Öl- und Gasfelder unseres Planeten, egal ob sie sich unter festem Gestein tief im Erdinneren, nah an der Oberfläche, in den Tiefen der Meeresböden oder unter dem ewigen Eis befinden.
Wir haben mit den Studenten einige Realtests durchgeführt, die ich Ihnen erläutern will.«

Dr. Werner unterstrich seine Ausführungen wieder mit verschiedenen Bildern. Wir konnten unsere Aufnahmen machen.

»Wie bei diesem Beispiel nahmen wir sehr stabile Luftballons aus einem Material, das aus der Raumfahrt stammt und ähnliche Bedingungen schafft. Einige der unterschiedlich großen Ballons füllten wir mit Wasser, einige mit ein wenig Sand, andere mit Kohle oder einem anderen Material. Dann legten wir sie in unser speziell angefertigtes Aquarium in unterschiedliche Tiefen und begruben sie unter Sand, Geröll und kleinen Steinen.

In die Mitte des Testbeckens haben wir einen sehr starken Magneten gesetzt, der sich durch seine Eigenenergie permanent erwärmt.

Unser Becken wurde vorsichtig und langsam bis obenhin gefüllt. Hätten wir die Ballons zu hastig und mit einem Rutsch überschüttet, wären sie wahrscheinlich geplatzt.

Stellen Sie sich bitte weiter vor, unser Aquarium ist natürlich nicht eckig, sondern rund und seine Außenhülle nicht Glas, sondern festes Gestein oder ein ähnlich eisenhaltiges, wasserundurchlässiges Material.

Nun gießen wir große Mengen Wasser hinzu, verschließen unseren Einfüllstutzen und versetzen das ganze Gebilde, wie hier auf diesem Bild zu erkennen, in eine Rotation.

Es entsteht ein Ausgleich zwischen der Fliehkraft, die durch die Rotationskräfte die Materialien nach außen wirft und dem starken Magneten im Inneren unserer Kugel, der alles zu sich zieht.

Mit der Zeit finden alle inneren und äußeren Materialien, die Flüssigen, die Festen, die Hohlräume und auch unsere Ballons ihren Platz und verfestigen sich zusehends.

Wir drehten unser Aquarium wochenlang. Die Ergebnisse waren überwältigend.

Alle unsere Bestandteile sind mittlerweile in sich sehr stabil und tragfähig geworden. Die festen Materialen haben sich bis zur kompletten Sättigung vollgesaugt. Ich habe meine Ausführungen– sehr vereinfacht – hoffentlich verständlich machen können.«

»Ja«, rief einer meiner Kollegen, »das ist ja alles gut und schön, aber was hat das mit Ihren Behauptungen zu tun? «

»Das will ich Ihnen gerne sagen: sehr viel nämlich. An diesem einfachen Experiment können Sie sich die Entstehung und den vereinfachten Aufbau unserer Erde im Zeitraffer vorstellen. Dass es nicht ganz so einfach ist, ist schon klar, aber im Groben ist es so doch sehr anschaulich und ich hoffe, Sie können gerade wegen dieser Einfachheit die folgenden Experimente besser verstehen.
Haben Sie noch ein wenig Geduld, Sie werden meinen Ausführungen in Kürze besser nachvollziehen können.
Nun, meine Damen und Herren, stellen wir uns weiter vor, dieses runde Aquarium ist also die Erde, die Erdschichten sind Sand und Steine, das Wasser an der Oberfläche sind die Meere. Hier und da schauen einige Steinbrocken aus dem Wasser, die übrigen Landmassen bestehen aus einer sehr dünnen brüchigen Erdkruste. Diese Landmassen bilden unseren Lebensraum. Hier haben sich, wie Sie alle wissen, im Laufe der Jahrmillionen verschiedenste Lebensformen entwickelt.«

Dr. Werner zeigte nun nicht mehr das Bild seines Experiments, sondern das der Erde.
Es wurde leiser, alle waren sehr aufmerksam. Wir versuchten, seine Bilder zu fotografieren.

»Stellen wir uns nun bitte weiter vor, meine Studenten bohrten kleine Löcher in die mittlerweile festgewordene Außenhülle und begannen dann, die kleineren Bällchen, in denen wir Kohle versteckt hatten, auszusaugen. Erst nach mehreren Entnahmen und einigen Tagen entstanden an der Außenhülle kleinere Risse.

Wir bohrten weiter und brachten durch einen Test eine unserer Ballonhüllen sogar zum Platzen.

Was dann geschah, kann man in allen Regionen der realen Welt sehen, in denen Bergbau betrieben wird.

Zuerst entstanden an der Erdoberfläche kleine Risse, Erdschichten verschoben sich. Dann aber stürzten mit der Zeit die inneren tragenden Ballons, die durch die Aushöhlung ja ihre Stabilität verloren hatten, in sich zusammen und die aufliegenden Materialien rutschten nach unten in den neu entstandenen Hohlraum. Die Folge an der Oberfläche unseres Beckens war eine Massen- oder auch Wasserbewegung, die Wellen erzeugte. Was hat das alles mit unseren heutigen Entdeckungen zu tun?«

Gespannte Stille im Saal hatte der vorange- gangenen Unruhe Platz gemacht. Ich sah Faszination, Unglauben und Nachdenklichkeit auf den Gesichtern der Leute um mich herum.

»Ich will es Ihnen erklären. Seit Jahrzehnten entnehmen wir nicht nur Kohle, sondern in unvorstellbaren Mengen auch Öl und Gas aus dem

Erdinneren. Jetzt sollten wir im Rahmen dieser Bohrungen testen, ob die in der Tiefe vermuteten und auch gefundenen Heißwasservorkommen angezapft werden könnten. Dies war unter anderem unser Forschungsauftrag zu diesen Bohrarbeiten.«

Wir kritzelten nun doch alle mit und hatten aufgrund der Redegeschwindigkeit keine Gelegenheit, Fragen zu stellen, obwohl mir persönlich mindestens ein Dutzend davon im Kopf herumschwirrten.

»Was aber«, fuhr Dr. Werner nun mit plötzlich ruhiger, ernster Stimme fort,
»was geschieht mit den Hohlräumen? Sie können unter dem enormen Druck in sich zusammenbrechen, die darüber liegenden Erdmassen rücken nach, es kann zu Monstererdbeben kommen, die Wasseroberfläche gerät in Bewegung, es entstehen Springfluten mit Überschwemmungen.
Was tatsächlich unter der Wasseroberfläche geschieht, können wir nur erahnen.
In den Bergbaugebieten im Ruhrpott oder an der Saar sacken über Jahrzehnte nicht nur Häuser, sondern ganze Straßenzüge und sogar Dörfer um bis zu 30 Meter ab. Die Schäden an den Gebäuden sind enorm.
Und das Fatale daran ist, dass die Bewegungen nicht unbedingt in den darüber liegenden Bereichen stattfinden, nein, sogar hunderte

Kilometer entfernt können diese Phänomene auftreten. Wenn in der Ostsee ein solcher Ballon platzt, kann es durchaus sein, dass es im Kaspischen Meer zu entsprechenden Auswirkungen kommt.

Wie und ob sich solche Einstürze auf die Bewegung der Kontinentalplatten auswirken oder ob es sogar zu einer Beeinflussung der Erdrotation kommen könnte, kann ich zum jetzigen Zeitpunkt unserer Forschungsarbeit noch nicht sagen, wir stehen hier noch ganz am Anfang.

Nicht ausschließen möchte ich, dass im Erdinneren die Ballons auch nach ihrer Leerung in sich stabil genug sind, dem Druck standzuhalten und sie nicht einstürzen, jedenfalls nicht sofort oder zur Gänze.«

Wir Zuhörer schwiegen gespannt, waren wir doch alle ziemlich baff und fassungslos über diese Ausführungen und deren mögliche Folgen.

»Nun, von welchen Zeiträumen sprechen wir hier? Es kann Jahrzehnte oder länger dauern. Glauben Sie bloß nicht, dass wenn diese Hohlräume in sich bestehen blieben, alles in Ordnung ist.

Denn es besteht die Gefahr, dass die, ja nennen wir sie weiter einfachheitshalber Innenballons, im Laufe der Zeit kleinere oder auch größere Risse und Spalten bekommen. Unser Oberflächenwasser, also die Meere, das Grundwasser oder ganze Seen könnten durch diese entstandenen

Spalten in die Ballonhohlräume versickern, was wiederum zum Absenken des Grundwasserpegels und sogar zum Absenken der Meeresspiegel führen würde. Wie wirkt sich eine solche Verschiebung auf die Massen und Gewichte oder die Rotation unseres Erdballs aus? Welche Folgen kann sie für unseren Planeten, für die Pflanzen, die Tierwelt und für das Leben der Menschen haben?"

Professor Steiny und Dr. Werner schauten sich an und Dr. Werner hob mit traurigem Gesichtsausdruck die Schultern.
Es dauerte einige Augenblicke, bis er schließlich seinen durchdringenden Blick hob und weitersprach.

»Was werden die Folgen sein? Ich kann es Ihnen nicht sagen und ich hoffe für uns alle, dass wir es niemals erfahren müssen. Denn dann besteht für uns wenig Hoffnung.«

Keiner von uns wagte zu sprechen. Dr. Werner hat Recht, dachte ich, es war so einfach wie überzeugend.
An diesem simplen Modell wurde es eigentlich jedem von uns klar, was geschehen würde, sollten wir Menschen weiterhin die Ballons im Erdinneren aussaugen.

Auch Professor Steiny brauchte nicht mehr weiter zu erklären. Dr. Werner schien betroffen, er brauchte einen Augenblick, um sich zu fangen, dann erhob er jedoch seine Stimme und schrie so laut ins Mikrofon, dass wir alle aus unseren sich überstürzenden Gedanken gerissen wurden.

»Wir müssen sofort, und zwar weltweit, die Entnahme erdinnerer Stoffe drosseln oder sogar vorübergehend stoppen, bis wir weitere Erkenntnisse besitzen. Ich verlange ein sofortiges Ende der Entnahme aller Bodenschätze!«

Um mich herum wurde es mucksmäuschenstill.

»Wenn«, so sprach Dr. Werner weiter, »wenn die Entnahme dieser Vorkommen nicht unverzüglich gestoppt wird und die bis heute entstandenen Hohlräume nicht verdichtet bzw. gefüllt werden, kann es zu erheblichen Verschiebungen der Erdschichten und nicht abzusehenden tektonischen Aktivitäten der Erdplatten kommen.

Bezogen auf die neuesten Entdeckungen unserer Forschungen und die im Heißwasser gefundenen Lebensformen, könnten sich diese Warm-wasserbecken in andere Erdschichten ergießen, bei ihrer Entnahme später die Hohlräume in sich zusammenbrechen.
So oder so, die neu entdeckten Lebewesen verlören ihren Lebensraum. Ein hochempfind-liches, über Jahrmillionen gewachsenes Ökosystem, von dem wir nichts, aber auch wirklich gar nichts wissen – selbst die pure

Existenz war uns bis vor Kurzem nicht einmal bewusst – würde vernichtet.

Unser aller Lebensgrundlage steht auf dem Spiel!«

Mit der Ruhe um mich herum war es nun vorbei. Einer meiner Kollegen stellte eine Frage.

»Herr Dr. Werner, ich möchte Ihre Arbeit und Ihre Erkenntnisse nicht zerreden, aber in Island zum Beispiel – Sie haben es vorher schon erwähnt – haben wir doch ein ähnliches Phänomen. Hier schießen heiße Wasserfontänen, die Geysire, im Minutentakt mit erheblichem Druck aus der Erde und nichts geschieht. Wie passen diese uns allen bekannten Dinge mit Ihren angsteinflößenden Behauptungen zusammen?«

»Vielen Dank für Ihre interessante Frage! Gerade in Island können wir sehen, welch unglaublicher Druck vorherrscht und das, obwohl diese Vorkommen direkt unter der Erdoberfläche oder in geringen Tiefen liegen.

Stellen Sie sich vor, die Vorkommen können nicht entweichen, weil die äußere Kruste, die Schale um sie herum, sich über Jahrtausende hinweg verdichtet hat und das Ganze sich tief im Inneren der Erde befindet. Und stellen Sie sich vor, was passieren kann, wenn diese Kruse aufreißt. Haben

Sie noch eine Frage oder konnte ich Ihnen verdeutlichen, welche Gefahren hier lauern?«

Der Journalist schwieg sichtlich überrascht, dass er mit seiner Frage auch noch zusätzliche Argumente geliefert hatte.

Ich glaubte meinen Ohren nicht, kündigte Dr. Werner doch gerade den Weltuntergang in nicht allzu naher Zukunft an. Hatte ich das richtig verstanden?
Ja, das hatte ich und die anfängliche Sorge in mir hatte sich zu einem handfesten Entsetzen verstärkt. Einige Leute standen nun auf und verlangten weitere Erklärungen, wie die Erde denn seiner Meinung nach zu retten sei.

Dr. Werner hob die Arme und versuchte die Anwesenden zu beruhigen.

»Hören Sie mir bitte weiter zu! Welche Auswirkungen das Ganze auch auf die Rotation der Erde hat, ist fraglich. Es ist noch nicht zu spät. Wir müssen allerdings sofort handeln und sollten keine Zeit mit jahrelangen Diskussionen und Kostenanalysen verlieren.
Wir, die Menschen, müssen die Dinge in die Hand nehmen und dürfen uns nicht von den Experten der Energiefirmen, die daran Milliarden verdienen, die belügen lassen.
Wenn die Lobbyisten und Politiker erst einmal anfangen die Tatsachen zu zerreden,

wird es Jahre, wenn nicht gar Jahrzehnte dauern bis etwas geschieht. Dann kann es zu spät sein.«

Auf diese schockierenden Aussagen hin passierte es. Hinter dem Rednerpult waren große Vorhänge befestigt, die mir erst in dem Moment auffielen, als ich dort eine plötzliche Bewegung wahrnahm. Die Vorhänge wurden von mehreren Männern, die sich dahinter verborgen hatten, heftig zur Seite gezogen. Ein Stoffteil riss aus der oberen Befestigung und fiel zu Boden. Die Männer drangen auf die Bühne.

Dann überschlugen sich die Ereignisse, und es ging alles blitzschnell.

Am Rednerpult kam es zu einem Handgemenge. Dr. Werner wurde von mehreren schwarz gekleideten Sicherheitskräften vom Mikrofon gedrängt. Es entstand ein heilloses Durcheinander. Einige der Anwesenden stürzten die kleine Treppe hoch und versuchten Dr. Werner zu helfen. Sie schubsten die Sicherheitsleute zurück und verlangten, die Rede nicht zu unterbrechen. Einige fielen über die Stühle, andere rannten raus. Das Durcheinander erinnerte mich an Ausschreitungen in einem Fußballstadion.

Alles ging zu schnell, ich konnte es nicht glauben: Die Sicherheitskräfte versuchten, Professor Steiny und Dr. Werner festzunehmen!

Ein junger Reporter sprang auf einen Stuhl und ergriff mutig das Wort.

»Wir wollen hören, was dieser Mann zu sagen hat, dann werden wir ...«
Er konnte seinen Satz nicht zu Ende bringen, denn er erhielt von einem der schwarzgekleideten finster dreinblickenden Männer, die sich nun auch in den Saal gemischt hatten, einen dermaßen heftigen Rippenstoß, dass er zu Boden ging.
Dr. Werner und Professor Steiny wurden herumgeschubst. Die Sicherheitskräfte zogen Dr. Werner an den Armen und wollten ihn in den Polizeigriff nehmen, was aufgrund der sich dazwischendrängenden Zuhörer nicht gerade einfach war.

Ich sah, wie sich Dr. Werner seitlich an dem kleinen Pult festhielt und verzweifelt versuchte, seine Ausführungen fortzusetzen.
Allerdings konnten seine Worte nicht mehr gehört werden, ganz offensichtlich lag kein technischer Defekt der Sprechanlage vor. Die Mikrofone waren mittlerweile abgeschaltet.
Dr. Werner versuchte es schreiend ohne Mikrofon, aber seine Gegner waren schon wieder dicht bei ihm und packten ihn am Kragen. Es kam erneut zu Raufereien. Wie in einem schlechten Film – in der Szene einer Massenschlägerei im Westernsaloon – sah ich mich plötzlich selbst mitten drin. Die Sicherheitskräfte schienen nun allerdings den Kürzeren zu ziehen. Sie wurden

von mehreren mutigen Journalisten mit Stühlen und Kameras in der Hand in die Ecke gedrängt, sodass sie in Schach gehalten werden konnten. Was wir nicht bemerkten war, dass einer von ihnen über sein Handy Verstärkung anforderte. Dr. Werner drängte sich nochmals zum Rednerpult durch, warf das Mikrofon in die Ecke und schrie:

»Sie müssen unsere Entdeckungen den Menschen draußen mitteilen. Schreiben Sie über unsere Ergebnisse und veröffentlichen Sie diese Bilder. Professor, holen Sie noch einmal die Bilder, zeigen Sie sie!«

Professor Steiny verschwand kurz hinter den Resten des Vorhangs, um die Beweisstücke herbeizubringen. Wir alle konnten seine Umrisse wie bei einem Schattenspiel deutlich erkennen: Der Professor bückte sich und hielt etwas Großes in der Hand. Er drehte sich zur Seite und ging auf den Durchgang zwischen den zerrissenen Tüchern zu, dann sprangen aus dem Hinterhalt zwei weitere Gestalten hinzu und schlugen ihn nieder. Obwohl nur wenige Augenblicke seit dem Ausbruch des Chaos vergangen waren, schienen sie mir wie Stunden. Dr. Werner stürzte nach hinten und auch ich erwachte nun endlich aus meiner Starre und sprang auf die Bühne, um ihm zu Hilfe zu eilen.

Der Professor lag am Boden, die Männer beugten sich über ihn, wir schrien sie an: »Sofort loslassen!« Sie ließen von ihm ab und flüchteten durch eine Seitentür, durch die sie anscheinend gekommen waren. Der gesamte Boden war glitschig, als ob etwas ausgelaufen wäre und es roch stark nach Chlor.

Ich rutschte aus und fiel auf mein Knie, auch Dr. Werner strauchelte, konnte aber sofort wieder das Gleichgewicht erlangen und half mir, dem Professor unter die Arme zu greifen. Langsam hoben wir ihn auf die Beine, klopften ihn ab und erkundigten uns, ob er verletzt sei.
»No, it's okay, oh shit.«
»Wo sind die Bilder?«, schrie Dr. Werner, »Die Bilder, wo sind sie?«

»Wo sind diese Bilder? Diese Typen haben sie darum sind sie auch so schnell verschwunden.«, rief auch einer der hinzueilenden Reporter.

Dann wurde es klar: Die Bilder waren weg. Dr. Werner war sichtlich verzweifelt.
»Sie waren so schön, so friedlich und lebensfroh sahen sie aus«, murmelte er geistesabwesend. Er sprach von den Lebewesen auf den Bildern, dämmerte es mir.

»Jemand muss diese Männer verfolgen und herausfinden, wer sie geschickt hat!«
»Ja, genau, er hat recht, wir sollten die Bilder suchen und sofort einen Bericht über die Vorfälle

schreiben«, rief ein anderer, als sich plötzlich die Tür erneut öffnete.

Doch dazu kamen wir nicht.

Ein schierer Schwall von schwarzgekleideten Männern ergoss sich durch den Durchlass, ich war mir nicht ganz sicher, 25 bis 30 dürften es schon gewesen sein. Sie verschafften sich auf ruppige Art Platz, schubsten uns zur Seite, nahmen Dr. Werner und seinen Kollegen Steiny sehr unsanft in den Sicherheitsgriff und führten sie unter laustarkem Protest ab. Mehrere Leute versuchten beherzt, die beiden zu befreien, doch es war zu spät. Die Wissenschaftler waren zwischen den dunklen Gestalten verschwunden. Und wir vom Rest eingekesselt.

Verdammt, dachte ich, jetzt geht es uns an den Kragen. Was ist aber so wichtig an alldem, dass hier so ein Aufwand betrieben wird?

»Beruhigen Sie sich! Bleiben Sie doch ruhig«, versuchte uns ein Herr in schwarzem Anzug mit weißem Hemd und Krawatte zu beschwichtigen. Plötzlich funktionierte die Sprechanlage wieder. Jemand musste zuvor den Strom abgedreht haben. Der Herr wurde an beiden Seiten von je drei muskelbepackten Typen mit kahl geschorenen Köpfen flankiert. Der Beruf des Bodyguards oder besser gesagt des Schlägers stand ihnen auf die Stirn geschrieben.

»Bitte setzen Sie sich wieder, wir können diesen Zwischenfall erklären. Wir werden alle ihre Frage beantworten. Nehmen Sie bitte wieder Platz.« Er musste zuerst schreien, hatte aber eine kräftige Stimme, sodass sich ihm bald alle Köpfe zuwandten.

»Meine Damen und Herren, ich bitte die Vorfälle zu entschuldigen. Hören Sie mir bitte zu. Bereits vor vier Wochen war Dr. Werner einem Nervenzusammenbruch nahe und musste einige Tage in einer Spezialklinik beobachtet werden.

Dass er hier nun solche Hirngespinste in die Welt setzen wollte, entbehrt natürlich jeder wissenschaftlichen Grundlage.«

Trotz unserer Nachfragen, was mit den beiden Wissenschaftlern sei, was man mit ihnen vorhabe, blieb es bei dieser unpräzisen Auskunft: Dr. Werner sei ein Spinner und es gäbe keinerlei Hinweise auf jene Lebensformen oder auf die beschriebenen Risiken.

»Und die Bilder?«, rief jemand von weiter hinten, auf einem Stuhl stehend.

»Sehen Sie, ein Expertenteam der zuständigen Ministeriums hat uns gestern in dieser Expertise«, der Mann in Schwarz hob ein Stück Papier in die Luft, »bestätigt, dass alle Behauptungen und Ängste, die Dr. Werner und seine Kollegen streuen, ins Land der Fantasie gehören. Reine Erfindungen und Wichtigtuerei!«

Man werde Dr. Werner beurlauben und ihm jede erdenkliche medizinische Unterstützung zukommen lassen, lauteten die weiteren Erklärungen.

»Aber die Untersuchungen, was ist mit diesen Tests und den Ergebnissen? Seine Experimente, seine Erklärungen, seine Befürchtungen sind doch nachvollziehbar und logisch«, wollte einer der Reporter wissen.

»Dr. Werner hat sich«, so lautete die offizielle Stellungnahme des Ministeriums, die der aalglatte Typ nun vortrug, »in eine absurde Gefahrenideologie verrannt und jeglichen Bezug zur Realität verloren. Es besteht natürlich keine Gefahr für die Menschheit. Die von ihm gezeigten Bilder sind gefälscht, aus diesem Grund mussten wir sie konfiszieren.«
Er blickte mit einem boshaften Lächeln von dem Zettel auf.
»Ich gebe Ihnen einen guten Rat: Wenn Sie sich lächerlich machen und nie mehr als seriöser Journalist arbeiten wollen, wenn Sie das unbedingt wollen, dann sollten Sie über die Worte von Dr. Werner und seinem zerstreuten Professor berichten.«

Dieser gute Rat war eine klare Drohung und nach dem gerade Erlebten lief es mir kalt den Rücken hinunter.

»Vielen Dank für Ihr Kommen, die Pressekonferenz ist damit beendet.«

Der Redner im feinen Anzug, der sich nicht vorgestellt hatte und seine Leibwächter, oder was immer sie auch waren, traten ins Freie und wir hörten Motorenlärm. Einige Verließen den Ort, einige der anwesenden Journalisten blieben wie in Schockstarre auf ihren Plätzen, andere unterhielten sich lautstark, was und ob sie denn überhaupt berichten sollten.

Die Drohungen zeigten ihre Wirkung.

Mir war klar, hier und heute war nichts mehr zu erwarten, wir würden keinen dieser Kerle nochmals zu Gesicht bekommen. Dr. Werner, der Professor und auch die Bilder waren weg.
Nachdem ich aufgestanden war, wollte ich seitlich am Rednerpult vorbei in Richtung Parkplatz gehen. Dies schien mir nicht nur näher, sondern auch sicherer. Hinter dem Pult herrschte Chaos, Stühle waren umgeworfen, die heruntergerissenen Vorhänge und einige Blätter lagen verdeckt am Boden.
Schönes Durcheinander, dachte ich bei mir, und alles für die Katz. Beim Weggehen drehte ich mich noch einmal um und sah zwischen den vorderen Stühlen unter einem der Stofffetzen des Vorhangs ein Bündel Papier auf dem Boden liegen. Es fiel kaum auf, denn durch die

zahlreichen Tritte hatte es den Farbton des verschmierten Untergrunds angenommen.

Das wird doch nicht …, fuhr es mir durch den Kopf, und schon war ich mit wenigen großen Schritten bei dem Bündel, ließ meinen teuren Schurwollmantel ohne Rücksicht auf den Dreck darüber fallen, beugte mich nach unten und schickte mich an, unauffällig meine Schuhe zu binden. Beim Bücken stieg mir wieder dieser ätzende Geruch in die Nase. Im gleichen Moment begannen meine Augen zu tränen.

Dann griff ich meinen Mantel und spürte, dass ich darunter die Mappe zu greifen bekam. Es fühlte sich fest und dick an.
Den Mantel samt Inhalt an mich pressend ging ich nun zügig nach hinten und verließ ohne Umschweife den Ort der unglaublichen Geschehnisse.

Gerade machte ich die ersten Schritte ins Freie, als ich laute Rufe von weiter hinten hörte. Anscheinend waren nicht alle Sicherheitskräfte abgefahren. Mein Puls raste.
»Wo ist es, wo ist diese verdammte Bild, eins fehlt, sucht sie!«
»Haltet alle Journalisten auf, durchsucht sie und nehmt ihnen die Kameras ab!«

Ich traute meinen Ohren und Augen nicht. Die Menschen, die den offiziellen Weg aus dem Zelt genommen hatten, waren umringt von den Männern in Schwarz. Wieder kam es zu einer kleinen Rauferei, diese war allerdings in kürzester Zeit beendet. Die Journalisten wurden festgehalten und ihre Taschen durchsucht. Den Geräuschen aus dem Inneren des Zeltes nach zu schließen, spielte sich dort Gleiches ab.

»Habt ihr es?«

»Nein, nur die Kameras, das Bild ist verschwunden, wie vom Erdboden verschluckt.«

»Verdammt, dann sucht es, lauft zu den Autos, irgendwo müssen sie sein. Sofort!«, lautete der Befehl der noch vor wenigen Minuten so seriös klingenden Herrn.

So rasch ich konnte, entfernte ich mich zum unteren Parkplatz und entschwand so dem Blickfeld.

So viel war von der Einweisung bei der Autovermietung am Flughafen in meiner Erinnerung.

Ohne dass ich den Schlüssel aus meiner Hosentasche ziehen musste, sollte die Zentralverriegelung die Türen automatisch öffnen, tat sie aber nicht.

Ich kam dem Auto näher und seufzte auf:

Dank der modernen Technik meines Wagens musste ich mein Päckchen nicht loslassen. In diesem Glauben fühlte ich eine gewisse Sicherheit.

Die Lage wurde zusehends brisanter. Ich versuchte, mich unauffällig und gelassen zu bewegen, ging dennoch rasch und zielstrebig auf meinen Wagen zu. Unauffällig wollte ich meinen Mantel samt Inhalt in den Kofferraum werfen.

Dieser sollte sich beim Annähern bereits automatisch entriegelt haben. Aber nichts.

Die Heckklappe war verschlossen.

Ich versuchte meinen Mantel auf den anderen Arm zu nehmen um an den Schlüssel in meiner Hosentasche zu gelangen. Dabei entglitt mir der Mantel, rutschte mir vom Arm und landet im Matsch. Die Stimmen hinter mir kamen näher und dies bedeutet nichts Gutes.

Hastig versuchte ich den Schlüssel heraus zu ziehen und fluchte dabei:

»Verdammt, geh einfach auf«.

In diesem Moment sprang der Kofferraumdeckel auf. Aus dem Kofferraum erklang die mir von der Herfahrt vertraute Stimme.

»Gerne, der Wagen ist geöffnet«.

Mit einem Wurf landete der Mantel im Kofferraum.

Hastig ging ich zur Fahrertür, riss diese auf, sprang auf den Sitz, griff in meine Hosentasche, zog den Schlüssel heraus und suchte – genau wie am Flughafen – mit dem Schlüssel die Lenksäule nach dem Zündschloss ab. Mit jeder Sekunde wurde ich nervöser, mein Herzschlag war zu spüren und ich fand dieses verdammte Schlüsselloch nicht.

Meine Gedanken rasten.

Nicht nur die Behauptungen von Dr. Werner schienen zu stimmen, ganz offensichtlich gab es auch ein starkes Interesse, diese nicht an die Öffentlichkeit gelangen zu lassen. Und dieses Mappe schien ebenso wichtig.

In mir stieg eine Angst empor, die ich bis dahin nie gekannt hatte. Die suchten meine Mappe.

Dann hörte ich plötzlich die Schreie der schnell näherkommenden Sicherheitskräfte lauter werden.

»Halt, Sie da, steigen Sie noch mal aus!«

Im Rückspiegel die Gestalten beobachtend suchte ich im Blindgang die Lenksäule ab.

»Wo ist das verdammte Zündschloss?«

Es gab keins, Sekunden später, vielleicht waren es auch nur Bruchteile von Sekunden, fiel es mir wieder ein: Dieser Superflitzer besaß gar kein Zündschloss! Im Spiegel sah ich einige der Sicherheitskräfte auf meinen Wagen zulaufen. Sie näherten sich schnell. Schon waren sie angekommen und klopften heftig auf das Heckblech.

»Steigen Sie noch mal aus!« Die Rufe wurden lauter und unangenehm fordernd. Es wurde an den Türgriffen gerissen. Die automatische Zentralverriegelung verhinderte allerdings, das öffnen der Türen von draußen. Die Mittelkonsole, schoss es mir in den Kopf. Ich hatte auf meinem Sitz zu weit vorne gesessen, die dumme Konsole hatte nicht reagiert. Ich schob mich im Sitz nach hinten und der Bordtechnik reagierte sofort. Die Konsole fuhr heraus. Hastig steckte ich den Schlüssel in die leuchtende Vertiefung.

Mir stachen die leuchtenden Instrumente ins Auge, sie signalisierten Startbereitschaft. »So eine Dreckskarre!«, fluchte ich, spring einfach an.

»Fahrzeug startbereit, Sie können losfahren«, war zu hören. Jetzt viel es mir wieder ein, der Wagen besaß eine Spracherkennung. Dies erklärte auch wieso sich der Kofferraum decke öffnete.

»Motor starten«.

Schon hörte ich das Motorengeräusch.

Mit einem heftigen Tritt auf das Gaspedal setzet ich das Fahrzeug in Bewegung, als hätte ich die Rufe nicht gehört.

»Anhalten, sofort, wir müssen Sie noch etwas fragen, sofort anhalten!«

»Etwas fragen, ha, ihr könnt mich mal«, hörte ich mich laut sagen.

Plötzlich war ein Gesicht an der Scheibe neben mir, jemand griff nach dem Türgriff. Er hämmerte mit der Faust an die Scheibe und auf das Autodach.

Entsetzen und Angst durchfuhr mich.

Im gleichen Moment gab mein rechter Fuß dem Gaspedal den eindeutigen Befehl, alles aus diesem Superflitzer herauszuholen, was in ihm steckte. Ich gab Vollgas.

Es knirschte zweimal leise und in derselben Sekunde erfüllte das lautstarke Hämmern des Motors nicht nur den Innenraum meiner Limousine. Aus den vorderen Radkästen stieg Qualm auf, im Seitenspiegel konnte ich sehen, wie sich auch die Heckräder drehten und Schlamm nach hinten spritzen. Auf dem glitschigen Untergrund schaltete sich ganz offensichtlich der All-radantrieb automatisch hinzu und ich spürte förmlich, wie sich die vier Räder gleichmäßig mit ungeheurer Kraft in den Matsch fraßen, um meinen Wagen im nächsten Moment davon zu katapultieren.

Der Typ neben meinem Auto wurde zurück-geschleudert, und ein kurzer Blick in den Spiegel zeigte mir, dass er auf voller Länge Bodenkontakt hatte.
»Ha, ha, da schaut ihr.«
Nun war ich sehr froh über die Leistungsfähigkeit meines Gefährts, die ich bis dahin als überflüssigen Luxus abgetan hatte. Schnell war ich weg.

»Tja, Pech gehabt, die Schlammdusche gibt's zum Abschied gratis. So schnell werdet ihr mich nicht mehr sehen.«

Ich fuhr nicht direkt über die Hauptstraßen, sondern versuchte mich über Nebenstrecken zur Autobahn vorzukämpfen.
»Sei vorsichtig«, hörte ich mich selbst sagen. »Ich pass' schon auf.«

Dann endlich, als ich die Autobahn erreicht und mein Auto zwischen andere schnell dahin-gleitenden Wägen eingereiht hatte, fühlte ich mich etwas sicherer. Ein Gefühl von Abenteuer und James Bond schlich sich ein.

»Man weiß ja nie, vielleicht bin ich auf einer ganz heißen Fährte«, setzte ich mein Selbstgespräch fort. Der Berichterstatter kam wieder in mir durch. Sollte ich tatsächlich dieses Bilder mitgenommen haben? Noch wusste ich nicht, was in der Mappe steckte.

»Na, nun übertreibst du aber etwas«, hörte ich eine andere Stimme in mir flüstern, »du bist weder James Bond, noch wird dich jemand verfolgen. Wer weiß, vielleicht ist ja alles doch nur erfunden und Dr. Werner ein Aufschneider oder tatsächlich ein bisschen verwirrt. Also komm mal runter.«

Die Erlebnisse auf der Pressekonferenz waren jedoch alles andere als normal und es handelte sich auch nicht um einen kleinen Zwischenfall, versuchte ich weiter meine Gedanken logisch zu ordnen. Was da geschehen war, war ein echter Skandal.

Ich steuerte den nächsten Autobahnrastplatz an und stieg aus. Die Zentralverriegelung öffnete alle Türen.

Nachdem kein anderes Fahrzeug auf dem kleinen Parkplatz zu finden war und mich auch niemand verfolgte, ging ich um mein Auto an den Kofferraum. Noch einmal suchte mein Blick die Umgebung ab. Alles in Ordnung.

Ich hob meinen total verschmutzten Mantel hoch und da lag das Päckchen, um das sich wahrscheinlich die ganze Aufregung drehte. Ich wischte mit der flachen Hand den gröbsten Dreck ab und klappte die Mappe auf, um den Fund zu begutachten.

In der Mappe befanden sich tatsächlich einige Bilder.

Die meisten der Bilder hatten einiges an Dreck und Schlamm, Knicke und Risse abbekommen. Doch tatsächlich, auf einem, dass nicht ganz so stark in Mitleidenschaft gezogen war, konnte man noch einiges erkennen. Waren dies die originalaufnahmen?
Sollte ich nun im Besitz des einzig existierenden Bildes dieser Lebewesen sein?
Kritisch betrachtete ich die Papiere in meiner Hand.
Es war alles ein wenig schlammig, aber unsere Spezialisten in der Redaktion würden das schon hinkriegen. Ich sah genauer hin.
Es schien, als hätte man Südseefische im Wasser fotografiert. Allerdings etwas merkwürdige Südseefische. Trotz der widrigen, für uns unvorstellbaren Lebensbedingungen fand ich, dass diese Wesen eine ruhige, friedvolle versöhnliche Art ausstrahlten. Ich legte meinen Mantel wieder darüber und schloss den Kofferraumdeckel. Ich wollte erst mal in das gebuchte Hotel fahren.

Da direkt vor dem Hotel kein Parkplatz zu finden war, stellte ich mein Fahrzeug in einer Seitenstraße ab. Wenn schon 007, dann richtig, dachte ich, vielleicht kann ich in meine Story sogar noch eine Verfolgungsjagd einbauen: »Sicherheitsbeamte verfolgen ahnungslosen Journalisten«.

Ich nahm die zwei Stufen zum Eingangsbereich des Hotels mit einem energischen Sprung und steuerte auf die Rezeption zu. Etwas ließ mich in der Bewegung innehalten.

Die beiden Herren, die gerade eben an den Empfang traten, kamen mir merkwürdig bekannt vor. Auch ihre schlammverspritzen langen Mäntel ließen ein unangenehmes Gefühl in mir aufsteigen.

Ich drehte auf dem Absatz um und ging zur Sitzecke, die sich direkt gegenüber von Rezeption und Treppenaufgang befand. Die Mappe stopfte ich zwischen mich und die wulstig aufgeblasene Rückenlehne. Ich lehnte mich nach hinten und versank fast in den Plüschpolstern.

»Guten Tag«, hörte ich eine kalte Stimme sagen und der Ton des Kerls klang nicht wirklich so, als wollte er dem Herrn an der Rezeption oder sonst irgendwem etwas Gutes wünschen. Sie griffen in ihre Brusttaschen und legten ein in Folie eingeschweißtes Papier auf den Tisch. Aus dem Augenwinkel wirkten diese Karten wie ein Führerschein oder sonst irgendein Dokument. Ich konnte und wollte mich nicht ganz umdrehen und so vielleicht die Aufmerksamkeit auf mich lenken. Bevor der Rezeptionist sich das Papier genauer ansehen konnte, war es auch schon wieder in der Brusttasche dieser Kerle verschwunden.

»Zeigen Sie uns die Gästeliste.«
»Das darf ich nicht«, antwortete der Herr hinterm Tresen.

»Die Gästeliste, jetzt sofort!«, tönte es durch die ganze Halle. Ich hatte mich mittlerweile in meinem breiten Sessel vergraben und versuchte mich zur besseren Tarnung in einer Zeitschrift zu vertiefen.
Mein Blick ging über die Papierkante und ich sah, wie nur einige Sekunden später einer der beiden sportlich die Treppe hinaufstürzte. Man hatte ihnen wohl doch die passende Zimmernummer gesagt.
Wahrscheinlich, versuchte ich mich zu beruhigen, wahrscheinlich suchen die jemand ganz anderen und das alles ist nur Zufall. Da hörte ich den unten Gebliebenen seinem Kollegen nachrufen: »Schau auch in den Zimmer rechts und links von 24 nach!«

24, verdammt, das war mein Zimmer!

Der Zweite blieb unten stehen, beobachte die ganze Halle und hatte auch ein Auge auf den Aufzug. Ich versteckte mich noch ein wenig tiefer hinter meiner Zeitschrift.
Es war klar, weder in meinem Zimmer noch in diesem Hotel konnte ich bleiben.

Wenn der Sportliche oben nichts fand, würden sie das gesamte Hotel absuchen. Ich beschloss zu handeln, solange es nur einer war, den ich mit etwas Glück austricksen konnte.

Was aber, wenn die mich erwischten? Was und wer steckten hinter all dem Theater?
Meinen schmutzigen Mantel ließ ich in die Sesselecke gedrückt liegen, die Mappe schob ich unter mein Hemd. Gemächlich stand ich auf, legte die Zeitschrift ordentlich ins Regal und ging zur Anmeldung. Ganz dicht kam ich an dem Burschen im langen Mantel vorbei und steuerte geradewegs auf die Toilettenräume zu.
Mit einem höflichen Lächeln nickte ich dabei dem Herrn vor und dem Herrn hinter dem Tresen zu. Ich war dem Typ mit dem schlammverschmierten Mantelrand so nah, dass ich ihn riechen konnte, eine Wolke aus Schweiß und Nikotin umgab ihn. Meine Handlung war ganz offensichtlich so frech, dass der Verfolger keinen Verdacht schöpfte.

Dann plötzlich, ich hatte meine Hand schon nach der Toilettentür ausgestreckt, wurde ich gestoppt.

»Halt einmal«, kam es im Befehlston, »sind Sie Gast hier?«
Mein Puls wurde schneller, jetzt hieß es ganz ruhig bleiben. Ich drehte mich um und ging einen Schritt auf ihn zu.
»Ja, schon die ganze Woche, ich warte auf meine Frau, eigentlich wollten wir nach München in die

Fußgängerzone und danach ins Hofbräuhaus, jetzt ist sie schon eine halbe Stunde überfällig, bis die immer fertig sind, na ja, Sie wissen schon, Frauen.«

Als er ein wenig irritiert schaute, erkannte ich meine Chance und überlegte mir schnell eine Geschichte:

»Wären Sie so freundlich, mir zu sagen, wie ich am besten vom Marienplatz zum Hofbräuhaus komme? Kann man die ganze Strecke laufen oder müssen wir die U-Bahn nehmen?«

»Keine Ahnung.« Ich schaute meinem Gegenüber in die Augen.

»So, ich muss dann mal, bevor ich noch einen Anschiss von meiner Frau kriege, weil sie auf mich warten musste. Sie hat da wenig Humor.«

Mein Kopf nickte Richtung Toilettentür.

Mit einem Kopfschütteln und dem nach vorne gezogenen Unterkiefer demonstrierte der Kerl eine gewisse Männersolidarität, die ich im Normalfall abstoßend finde. Hier nun kam sie mir sehr entgegen.

Schnelle Schritte waren die Treppe runter zu hören.

»Ja, ja, gehen Sie.« Zwei, maximal drei Schritte war ich von der Tür entfernt, als sein Kollege unten ankam.

»Nichts, oben ist nichts, sieht so aus, als sei er noch gar nicht da gewesen.«

»Was ist mit dem da?« Es war klar, dass er mich meinte. Ich ging aber einfach weiter Richtung

Toilette, öffnete die Tür und verschwand dahinter. Ich ließ die Tür nicht ins Schloss fallen und konnte meinen unangenehmen Gesprächspartner sagen hören:

»Nichts, den hab' ich gecheckt, bei dem ist alles in Ordnung.«

Dann gab der jüngere Mantelträger dem Rezeptionisten noch die unmissverständliche Anweisung:

»Wenn der Herr aus Zimmer 24 auftaucht, rufen Sie uns sofort an und wenn ich sofort sage, meine ich auch sofort. Haben Sie mich verstanden? Wir bleiben ganz in der Nähe.«

Nun war ich doch James Bond, dachte ich halb verzweifelt, halb gespannt, aber was würde geschehen, wenn sie mich erwischten? Eine Tracht Prügel und der Verlust der Mappe wären wohl noch das Harmloseste.

»Für eine angebliche Fälschung und ein Lügenmärchen ein enormer Aufwand«, hörte ich mich leise sagen. Durch das kleine Toilettenfenster konnte ich mich in den Hinterhof retten. Ich ging einige Meter und suchte meinen Wagen. Aus der Ferne sah ich die beiden Typen, wie sie um mein Auto schlichen.

»Er muss da sein, los, du bleibst hier, ich geh' noch mal rein.«

»Beeil dich, die Motorhaube ist schon kühl.

Der muss sich im Hotel verstecken. Verdammt, der Bursche auf dem Lokus. Er ist auf dem Klo, der muss es sein!«

Ich hatte genug gehört. Mit einer geschickten Drehung bog ich in die andere Richtung ab, lief los und fand einen Block weiter ein Taxi. Ich riss die Tür auf und sprang in den Wagen, die Mappe immer noch eng an mich gepresst. Der Mann blickte mich fragend an und legte seinen Schokoriegel weg.

»Fahren Sie, schnell!«
»Na und wohin soll es denn gehen?«
»Fahren Sie einfach los! Schnell!« Meine Ängstlichkeit war nicht zu übersehen und auf dem runden freundlichen Gesicht des Taxilenkers machte sich ein ungläubiges Grinsen breit.

»Eine Flucht, eine Verfolgung? Wahnsinn, darauf warte ich schon seit Jahren!«

»Klappe halten und fahren«, schrie ich ihn an.
Er fuhr los und ich ließ mich in den Sitz sinken.
»Fahren Sie mich einfach zum Flughafen, schnell.«
»Super, eine echte Krimiszene wie im Fernsehen. Darf ich fragen, wer uns verfolgt?«
»Uns, wieso uns, und wieso glauben Sie, dass wir verfolgt werden?«
»Na ja, ist doch wie im Film und wir sind jetzt ein Team.«

»Seien Sie still und konzentrieren Sie sich auf den Verkehr. Sie scheinen zu viele Krimis anzusehen.«

Wir wurden, davon konnte ich mich durch Blicke nach hinten überzeugen, nicht verfolgt. Mein Fahrer fand das alles sehr spannend und löcherte mich mit seinen Fragen. Ich ließ ihn reden und antwortete nicht.
Nach einer Weile tauchten die ersten Hinweisschilder »Flughafen München« »Abflug«, »Ankunft« auf.
Mit diesen Schildern, die mir entgegensprangen, stieg ein seltsam unangenehmes Gefühl aus meinem Magen empor.
»Wir sind gleich da, wohin soll ich Sie fahren?«

Die haben mein Hotel gefunden und waren sehr schnell da, um nach mir zu suchen. Woher kannten die meinen Namen und die Hoteladresse? Ich konnte mir das nicht erklären. Je länger ich über die vergangenen Stunden nachdachte, umso übler wurde mir. Fast war mir richtig schlecht.
Wenn die wussten, in welchem Hotel sie mich suchen mussten, wer weiß, was sie noch alles über mich herausgekriegt hatten. Schlagartig wurde mir klar, dass sie dann auch wussten, dass ich mit dem Flieger gekommen war. Verdammt, die warteten vielleicht schon auf mich. Ich lief ihnen geradezu in die Arme. Wenn ich in den Gebäuden drin bin, gibt es kein Entrinnen, dachte ich.

»Haben Sie Zeit für eine längere Fahrt?«, wandte ich mich an den Fahrer, der mich interessiert musterte, und es waren die ersten Worte, die er, seit wir die Innenstadt verlassen hatten, von mir zu hören bekam.
»Ja, eigentlich schon, es dauert aber nicht mehr lange, wir sind in wenigen Minuten da.«

»Können Sie mich nach Wien fahren, jetzt sofort und ohne Umwege?«

»Nach Wien? Wollten Sie nicht zum Flughafen, und wissen Sie, was Sie das kosten würde?«
»Ich möchte, dass sie mich nach Wien bringen, aber nur unter einer Bedingung.«
»Und die wäre?«
»Sie dürfen niemandem von dieser Fahrt erzählen, auch ihre Zentrale darf nichts wissen.«
»Okay, ich habe keine Zentrale, ich bin Einzeltaxler.«

»Umso besser, fahren Sie.«

Ich nahm eine Börse, zückte einige große Scheine und hielt sie meinem Fahrer über die Schulter.
»Hier haben Sie schon einmal 200, nochmals 300 erhalten Sie, wenn wir da sind.«
»Was? 500 …? Okay. Abgemacht.«
 Die Summe schien alle seine Zweifel zu zerstreuen.

»Hey, aber ich muss meiner Frau Bescheid sagen, sie macht sich Sorgen, wenn ich nicht nach Hause komme.«

Ich spürte seine Angst, so ganz geheuer war ihm das Ganze wohl doch nicht. Von wegen wie im Film endlich mal eine echte Verfolgungsfahrt.

»Ja, rufen Sie an, sagen Sie aber nur, dass Sie eine längere Tour haben, keine Einzelheiten.«

Er hielt sich an unsere Abmachung und wir entfernten uns vom Flughafen. Ohne weitere Worte verging die Zeit. Ich drückte die Mappe mit den scheinbar kostbaren Bildern an mich. Der Fahrer bemerkte nichts. Er versuchte noch ein paar Mal ein Gespräch anzufangen, nachdem er aber nur lapidare und ausweichende Antworten erhielt, fand er sich damit ab, dass er zwar an einer geheimen Mission beteiligt war, aber zu seiner eigenen Sicherheit keine Details wissen durfte. Die Landschaften flogen in der Dunkelheit an uns vorbei und meine Gedanken rasten, während ich überlegte, was ich nun tun würde und was gerade passierte. Dann kurz vor Wien versuchte er es doch noch einmal:

»Wollen Sie mir nicht zum Abschied erzählen, um was es eigentlich geht?«

»Nein, will ich nicht, es ist besser, wenn Sie nichts wissen. Vergessen Sie mich einfach. Hier haben Sie noch mal 300 wie abgemacht und jetzt fahren Sie weiter, ich sage Ihnen, wann wir abbiegen.«

Es war mittlerweile spät in der Nacht, ich ließ mich vor dem Hautbahnhof absetzen. Ich öffnete die Tür, klemmte mein Päckchen unter den Arm und verabschiedete mich. Der Fahrer blickte mir etwas traurig nach und winkte zum Abschied. Langsam rollte mein Taxi davon, die Scheibe senkte sich, und eine Stimme rief mir hinterher.
»Danke für das Abenteuer, der Herr! Viel Glück!«

Erst als der Wagen verschwunden war, machte ich mich auf den Weg. Bis zur Redaktion wollte ich laufen. Keine Spur sollte mich verraten.

Zur Redaktion waren es nur wenige Gehminuten. Das gesamte Gebäude war um diese Uhrzeit bis auf die Notbeleuchtung im Eingangsbereich dunkel.
Nur im sechsten Stock im Zimmer meines Chefredakteurs brannte noch Licht. Seltsam, dass er ein Arbeitstier war, wusste ich, dass er aber bis vier Uhr in der Früh an seinem Schreibtisch saß, war mir neu. Ich dachte aber nicht weiter darüber nach.
Für die Haupttür hatte ich einen Schlüssel, und die Lifttür stand offen.
Sechster Stock. Das Lämpchen blinkte auf, und die Türen schlossen sich hinter mir.
Schnell war ich oben angelangt und ging geradewegs auf sein Zimmer zu. Als ich eintrat, stockte ich in der Bewegung. Es schien, als erwarte er mich.

Als ich vor ihm stand legte er auch schon los.

»Vor zwei Stunden etwa platzten hier irgendwelche Typen rein. Ich kannte sie nicht und sie haben sich auch nicht vorgestellt. Sie erzählten eine vogelwilde Geschichte von einem Überfall und dass wohl ein Mitarbeiter unseres Verlags bei einer Präsentation in München eine wertvolle Mappe gestohlen hätte, so ganz habe ich es auch nicht verstanden. Ich musste deinen Namen nennen und sagen, dass du wie geplant morgen mit dem ersten Flugzeug nach Wien zurückkehren würdest.«

»Wissen die meine Privatadresse?«

»Nein, natürlich nicht, aber ich bin mir ganz sicher, dass die morgen hier wiederauftauchen.«

»Eine total verrückte Geschichte! Aber woher wussten diese Leute, zu welchem Verlag ich gehöre? Ich habe in München mit niemandem gesprochen.«

Mir schoss ein Gedanke durch den Kopf: Nur Dr. Werner kannte mich, nur er konnte mich identifizieren. Aber warum sollte er mich verraten, ich war doch sein Verbündeter? Mir schwante, dass Dr. Werner nur unter Androhung von Gewalt kooperiert haben konnte.

Gerade wollte ich meinem Chefredakteur alles erzählen und mit den Einzelheiten loslegen, da erhob er sich und sagte:

„Mach' es dir bequem, ich mach' uns zuerst einmal einen starken Kaffee und hol dir ein Glas

Wasser, dann kannst du mir alles in Ruhe erzählen.«

Obwohl sein Verhalten mich leicht irritierte, überhörte ich die leisen Alarmglocken, die in meinem Kopf zu sirren begannen und nahm erschöpft Platz. Er verschwand im kleinen Nebenzimmer. Nach einer Weile schlenderte er mit einem Tablett in der Hand zurück, nahm Platz und machte es sich gemütlich. Dass er auf dem Tablett sein Handy platziert hatte, fiel mir erst viel später auf.

»Nun, wie ist es in München gelaufen?«

Ich begann zu erzählen, von der Pressekonferenz, der Mappe, Dr. Werner, Professor Steiny, dem Überfall der Sicherheitskräfte, dem Verschwinden der Bilder und dem Vorfall im Hotel.

Er hörte mir zu, jedoch fiel mir seine gelassene Gleichgültigkeit auf, die sonst eigentlich nicht seine Art war.

Er war eher ein aufbrausender, ungeduldiger, nerviger Chef, dem nichts schnell genug ging. Normalerweise wollte er alle Informationen am besten sofort, noch besser gleich gestern und erscheinen sollte das Ganze auf dem Titelblatt, lange bevor die Konkurrenz auch nur davon wusste.

»Lass' dir ruhig Zeit, ich hol uns noch ein paar Kekse.«

Kekse? Es war vier Uhr morgens und mein Chef hatte einfach nur ganz ruhig dagesessen, während ich ihm eine haarsträubende Geschichte erzählte! Was war hier los, hatte man ihn einer Gehirnwäsche unterzogen? Die Alarmglocken in meinem Kopf wurden lauter, aber ich tat sie mit einem Kopfschütteln ab. Ich war müde, hungrig, und das hier war mein Chef, das Büro ein sicherer Ort. Wahrscheinlich lagen meine Nerven einfach blank.

Dennoch, da erschienen irgendwelche Typen in unserer Redaktion, versuchten Druck auf Journalisten auszuüben, wollten unser höchstes Gut, die Pressefreiheit, einschränken und er macht mir erst einmal einen Kaffee und bietet mir Kekse an?

Er kam zurück, stellte die Kekse ab und verschwand dann auch noch für fast zehn Minuten in der Toilette.

Ich hätte einen feurigen, wutentbrannten Chefredakteur erwartet, der schon am nächsten Morgen zumindest beim Innenmister auf der Matte stand und sich heftigst über Einschränkung der Pressefreiheit und diese Einmischung von Sicherheitskräften, oder was sie auch waren, beschwerte, aber nein, er war die Ruhe selbst und ließ mich erzählen.

Mit gelassener Gleichgültigkeit fragte er eher nebenbei:

»Und können wir in der nächsten Woche über die Sache einen Bericht von dir erwarten?«

Nächste Woche? Wieso wollte er die Bilder nicht sofort und die Reportage, die sich daraus zimmern ließe, nicht auch gleich sehen?

Er stand auf und ging zur Kaffeemaschine.
»Willst du auch noch einen Schluck?«
Fast schon beiläufig kam die Frage.
»Zeig mir doch mal diese angeblich so wichtigen Bilder.«
Ich benötigte eine kleine Pause, um zu überlegen wie mein nächster Schritt aussah, dann entschied ich mich.
Hier stimmte irgendetwas nicht, bevor ich nicht genau wusste, was gespielt wurde, wollte ich meinen größten Trumpf nicht aus der Hand geben.

»Das ist ja genau das Problem, ich habe die Bilder nicht mehr, nachdem mich irgendwelche typen suchten, musste ich diese samt Umschlag auf dem Plüschsessel im Münchner Hotel zurück lassen. Ich war froh dass ich durch das Toilettenfenster entkommen konnte.«
Ich blickte etwas beschämt nach unten.
»Tut mir wirklich leid, sie sind weg.«

Als ich wieder aufschaute, sah ich die mir bekannten Wesenszügen meines Chefs.
Ich konnte fasziniert zuschauen, wie sich sein bis dahin gleichgültiger Gesichtsausdruck wandelte.
Er lief rot an und seine Augen quollen fast aus ihren Fetträndern.

»Was?«, brüllte er los, schlug mit der Faust auf den Tisch und sprang trotz seines enormen Körpergewichts explosionsartig in die Höhe. Gleich fällt er um, dachte ich, jetzt erkenne ich meinen Chef wieder, immer auf 180 und kurz vor dem Herzinfarkt.

Aber entgegen meinen Erwartungen, dass ein weiterer Wutausbruch folgen würde, hatte er sich bereits in der nächsten Sekunde wieder unter Kontrolle und spielte mir den Gelassenen vor. Ich spürte trotzdem, dass er kurz vor dem Zerplatzen war, als er ruhig fragte: »Sie sind weg, alle, bist du dir sicher?«

»Ja, alle.«

Dann dauerte es nur eine weitere Sekunde. Er drehte sich zu mir um und baute sich mit seiner ganzen beeindruckenden Körpergröße vor mir auf, von seiner Gelassenheit war nichts mehr übrig. Seine Augen waren rot unterlaufen, der Schweiß stand ihm in großen Perlen auf der Stirn. Er brüllte mich an:

»Kannst du mir sagen, wie ich jetzt an diese verdammten Bilder kommen soll? Ich brauche sie unbedingt!«

Gut, meine Reaktion war also richtig gewesen, etwas war hier vorgefallen, das nichts Gutes verhieß.

»Du, wieso du?«, erwiderte ich ruhig. »Wenn, dann würden sie mir gehören, so hätte es auch Dr. Werner gewünscht, aber leider sind sie verloren.«

»Du fährst gleich morgen noch mal nach München und versuchst sie aufzutreiben, nein vergiss es, ich flieg selbst.«

Er begann auf seinem Schreibtisch zu stöbern. Während seiner Suchaktion erwähnte er beiläufig, dass eine Belohnung von 10.000 D-Mark für die Beschaffung der Bilder ausgesetzt ist.
»10.000 Mark, das sind schlappe 70.000 Schilling?«,

»70.000 Das heißt ja … Dann müssen diese Bilder doch echt sein und die Entdeckungen sind wahr!« murmelte ich vor mich hin.

»Natürlich sind sie echt, oder glaubst du, die schicken ihre Leute umsonst mit einem Privatjet Nachts nach Wien? Das ganze Theater lässt doch nur einen Schluss zu. Die ganze Story ist echt. Dr. Werner und dieser Professor Sowieso haben wahrscheinlich Recht und die Öffentlichkeit darf davon nichts erfahren.«

»Wenn es eine Belohnung gibt«, sagte ich forsch, »dann steht sie mir zu, ich habe die Bilder schließlich aus der Pressekonferenz geschmuggelt.«

»Dir steht überhaupt nichts zu, du hast es vermasselt und wenn sie wider Erwarten doch noch auftauchen, gehören sie dem Verlag, also mir, ich bin hier schließlich der Boss und du warst in meinem Auftrag unterwegs.«

Erstaunlich, dachte ich, dafür, dass er noch vor zehn Minuten so gar kein Interesse an der Geschichte und den Bildern hatte.
»Bist du ganz sicher, dass sie weg sind, haben diese Burschen aus dem Hotel die Mappe gefunden, oder besteht eine Chance, dass sie sie übersehen haben?«, versuchte er es erneut.
Ich fühlte, genau das Richtige gemacht zu haben.
»Ja, anscheinend sind diese einzigen Beweise weg.«
Dann, und ich konnte es förmlich sehen, schoss meinem Chef ein Gedanke durch den Kopf und er platzte mit seiner Idee heraus:
»Nein, sie können nicht verloren sein, sonst wäre man nicht hier gewesen und hätte nach ihnen gefragt. Los, erzähl mir ganz genau, wo du sie versteckt hast!«
Ich erzählte ihm also noch einmal die Episode aus dem Hotel.

Er sprang auf und schickte sich an, den Raum zu verlassen. Vor der Tür drehte er sich noch einmal um, kam zu mir zurück, griff nach seinem Handy, welches immer noch auf dem Tablett lag und verschwand. Im Weggehen drückte er eine Taste an der Seite des Telefons und wieder überzog mich ein eiskalter Schauer.
Dieses ausgekochte Schlitzohr hatte das ganze Gespräch aufgezeichnet.

Noch einmal überlegte ich, was ich alles erzählt hatte.

Hatte ich Dinge gesagt, die mich in Schwierigkeiten bringen konnten?
Nein, ich war mir sicher, wenn dieses Gespräch mitgeschnitten worden war, würde es den Verlust der Bilder eher belegen. Ich hatte sie zwar gestohlen, aber dann, nach meinen hoffentlich glaubhaften Erzählungen, wieder verloren. An mir sollte also auch niemand mehr Interesse haben.

Durch die großen Glasscheiben, die alle Räume in unserer Redaktion trennten, konnte ich ihn gut beobachten. Er ging in ein anderes Büro schräg gegenüber auf dem Gang. Das Handy legte er, nachdem er einige Tasten gedrückt hatte, auf seinen Schreibtisch. Er hob den Hörer des Festnetzes ab und wählte eine lange Nummer. Es schien sich um eine Auslandsnummer zu handeln, mindestens zwölf oder sogar 13 Tasten drückte er. Zwar konnte ich nichts verstehen, aber seiner Gestik und Mimik nach war er außer sich und schlug mehrmals mit der Faust auf seinen Schreibtisch. Dann knallte er den Hörer auf.
Er zog die Hose hoch, stopfte sein Hemd ordentlich hinein, legte sich mit beiden Händen die fettigen Haare dicht gedrückt nach hinten über seinen Kopf und kam zu mir zurück.

»Alles in Ordnung?«, fragte ich betont beiläufig.

»Ja, ja, meine Frau, die nervt mich vielleicht.«

So, seine Frau, dachte ich, und das mitten in der Nacht.

»Nun ja«, sagte er mit ruhiger, gelassener Stimme, »dann haben wir Pech gehabt, kein Bild, keine Story, keine Belohnung, geh' nach Hause, ruh' dich ein paar Tage aus, und am Montag kommst du wieder. Ich hab' da eine sehr interessante Sache für dich in Prag.«

Ohne weitere Diskussionen verabschiedete ich mich, fuhr mit dem Fahrstuhl nach unten und ging nach Hause. Allerdings vergewisserte ich mich, dass mir niemand folgte.

Alles war ruhig. Die Eingangstür meiner Wohnung verschloss ich an diesem Abend dreifach, ich klemmte sogar einen Stuhl unter die Türklinke. Bis zur Dusche oder zum Kühlschrank schaffte ich es an diesem gerade anbrechenden Morgen nicht mehr, die Müdigkeit obsiegte. Auch schlief ich die nächsten Nächte nicht wie gewohnt mit offenem Fenster.

Die Tage gingen scheinbar ihren gewohnten Gang, alles schien ruhig und die Sache in Vergessenheit geraten zu sein.

Auch Wochen später wurde ich nicht ein einziges Mal auf diese verrückte Reise oder gar auf den Verlust der einzigen Beweismittel angesprochen. Selbst die Spesenabrechnung, die durch das Abschleppen des James-Bond-Autos – ich hatte es im Halteverbot abgestellt –, sehr hoch ausgefallen war, wurde ohne Fragen von meinem Chef beglichen.

Ich wurde lediglich informiert, dass die Autoverleihfirma fünf Tage in Rechnung gestellt hatte. So lange dauerte es angeblich, bis die Spezialersatzschlüssel von Wien nach München geschickt waren.

Und – dass sie ihren Wagen erst wieder nach einer gründlichen Innen- und Außenreinigung ins Vermietprogramm aufnehmen konnten.

Den Verlust der Bilder hatte man mir also abgekauft. Ich hörte von einem Kollegen, dass die Reise des Chefs nach München, die er bereits am Tag nach meiner Rückkehr unternommen hatte, keinen Erfolg gebracht hatte. Alle gingen also davon aus, dass dieses ominöse Beweisstück verschwunden oder gar vernichtet waren.

Meine Reise nach Prag verlief ebenso unaufgeregt wie der letzte laue Regen in Wien, über München verlor man kein Wort mehr. Aufmerksam suchte ich in diesen Wochen nach Veröffentlichungen und Berichten, der von mir miterlebten Ereignissen in München. Aber es gab keinerlei Veröffentlichungen. Die Journalisten hielten sich scheinbar zurück, diese Story es war einfach ein Heißes Eisen, das wohl keiner anfassen wollte.

Ich traute mich auch nicht, die Sache war einfach zu gefährlich. Es gab so viele dubiose Vorkommnisse.

Für mich war die Situation jedoch eine andere.
Die Vorfälle beschäftigten mich unentwegt.
Was, wenn Dr. Werner Recht hatte, was, wenn da
unten tatsächlich fremde, uns unbekannte Lebewesen existierten?
Ich lag nächtelang wach und suchte nach einer
Lösung. Einerseits sollten die Menschen von
diesen Dingen erfahren, andererseits stellte sich
die Frage, wie man mit diesen Geschöpfen
umgehen würde. Würden die großen Energie-
versorger, die sich auf die Heißwasservorkommen
stürzten, mit der Ausbeutung dieser gewinn-
trächtigen Ressourcen aufhören? Was geschähe
mit mir, wenn ich die Geschichte zu Papier
brächte? Würde man mir glauben? Der Verlust
meines Arbeitsplatzes erschien mir von allen
Möglichkeiten noch die harmloseste.

Eher zufällig traf ich in einem Kaffeehaus um die
Ecke Bea. Beim Schlürfen meines Lieblings-
getränks, einer Art Milchkaffee mit Schokolade,
garniert mit Schokoraspeln, sah ich, über den
Tassenrand schauend, eine Person gegen das
Licht auf mich zukommen, deren Gang und
Umrisse mir ebenso vertraut wie angenehm in
Erinnerung waren. Und schon stand sie neben mir.
Was mir sofort auffiel, war ihr angenehm dezenter
Parfumgeruch, ich nahm eine tiefe Nase voll und
erinnerte mich an die schönen Stunden unseres
früheren gemeinsamen Lebens, nur an die
schönen.

»Darf ich?«, sagte sie und wies auf den leeren Stuhl mir gegenüber.

Verlegen antwortet ich:

»Selbstverständlich, gerne.«

»Was hast du gemacht die letzten zwei Jahre?«, wollte sie nach einer längeren Pause, in der sie mich intensiv musterte, wissen.

Mir war nicht klar, ob sie diese Frage rhetorisch gestellt hatte oder ob es sie wirklich interessierte.

»Das Gleiche wie du auch, gelangweilt und auf dich gewartet.«

Sofort dachte ich: Was war denn das für eine blöde Antwort, wenn sie jetzt aufsteht und weggeht, hast du es versaut. Wahrscheinlich hat sie sich eben gerade nicht gelangweilt, mit Sicherheit befand sie sich in einer festen Partnerschaft.

Ich grinste verlegen. Aber sie blieb sitzen.

Wir kamen ins Plaudern, sie erzählte mir dies und das.

»Nun bist du dran, was treibst du so, außer dich zu langweilen?«

Und weil mich meine Münchenreise mit den damaligen Erlebnissen noch immer beschäftigte, erzählte ich ihr die Erlebnisse von damals, trotz unsrer Trennung vertraute ich ihr. Heute wie damals hatte sie auf mich einen loyalen und verlässlichen Eindruck gemacht.

Sie hörte aufmerksam zu. Gewisse Details ließ ich weg, aber die wichtigsten Fakten glaubte ich in

meine Erzählung eingebaut zu haben. Als ich mich reden hörte, bekam ich wieder Angst, Angst um diese Lebewesen, die von nichts wussten, die seit Millionen von Jahren unbehelligt ihr Leben lebten. Und was wird nun aus ihnen?
Ein nervöses sehr unangenehmes Gefühl beschlich mich.

»So«, schloss ich erleichtert, »jetzt weißt du alles.«
Sie nahm ihre Tasse und schlürfte den letzten Rest ihres Milchschaumes.
Dann, nach einer Weile, sagte sie:
»Schade, dass die, ich meine diese Bilder, von denen du erzählt hast, verschwunden sind. Ich arbeite mittlerweile für ein international agierendes Konsortium mit Sitz in den USA, das außergewöhnliche Storys, Fundstücke und abnormale Kunstwerke weltweit kauft und dann versteigert. Die Käufer als auch die Verkäufer bleiben immer anonym, es handelt sich bei den Käufern um superreiche Sammler aus den USA, der Sowjetunion und dem arabischen Raum und seit neustem auch aus dem Fernen Osten. Falls die Bilder mal wieder zufällig auftauchen, kann ich dir vielleicht helfen. Mit Sicherheit würden wir Interessenten finden.«
»Wir?«, unterbrach ich Bea.
»Ja wir, du mit dem Bild und der Story und ich mit meinen Kontakten. Wir könnten uns eine Strategie zurechtlegen und versuchen, eine gute Story zu schreiben und diesen Lebenswesen zu

helfen. Ich vermittle dir einen interessierten Sammler und die Geschichte und alle Rechte daran bleiben natürlich trotzdem dein.«

Ich zuckte mit den Schultern und fühlte mich ratlos. Ihre Anteilnahme an dem Schicksal dieser unterirdischen Lebewesen berührte und verwunderte mich.

Ohne weiter über diese sehr interessante Option zu sprechen, plauderten wir noch ein wenig über banale Dinge und verabschiedeten uns voneinander.

Die Umarmung fiel überraschenderweise sehr herzlich aus, so, als hätte es keine Trennung gegeben und sie weckte in mir die Hoffnung, Bea doch noch einmal als feste Freundin gewinnen zu können.

»Ba, Ba, bis demnächst«, rief sie mir noch einmal zu.

Wir trafen uns an den darauffolgenden Wochenendenden und es entwickelte sich langsam eine nette, neue, unbelastete Beziehung. Jeder konzentrierte sich auf seine Arbeit und wenn wir Zeit hatten, trafen wir uns.

Noch immer war ich mir nicht ganz sicher, was ich mit der Story um diese Lebewesen anfangen sollte. Allerdings keimte in mir die Idee, doch alles an die Öffentlichkeit zu bringen.

Sogar einen Künstlernamen wollte ich mir zulegen und glaubte, damit einen geeigneten Weg gefunden zu haben, die Sache unbehelligt durchzustehen. Vielleicht könnte ich dadurch diesen Lebewesen im Erdinneren einen nützlichen Dienst erweisen und vielleicht gelänge es mir, sie zu retten, wenn es sie denn tatsächlich gäbe. In den Nächten lag ich stundenlang wach.

An meinem Schreibtisch sitzend verlor ich mich in Tagträumen. Immer wieder tauchten die Bilder dieser Lebewesen vor meinem inneren Auge auf. Wie schön und friedlich sie da unten frei und unberührt vom Rest der Welt vielleicht schon seit Jahrmillionen lebten.

Mir wurde klar, ich trug eine enorme Verantwortung diesen Geschöpfen gegenüber. Und der Gedanke einer möglichen Mitschuld an deren verschwinden ließ mich nicht mehr ruhen.

Aber mit wem konnte ich mich unterhalten, wem konnte ich meine Gefühle für diese unterirdische Welt, die von Tag zu Tag beklemmender und stärker wurden, mitteilen?

Nachts wachte ich schweißgebadet auf. Eines dieser Wesen starrte mich in meinen Träumen an, durchdringend wie ein Hilfesuchender, ängstlichen Blickes auch seine Freunde und Weggefährten.

Immer intensiver fielen diese nächtlichen Begegnungen aus. Liturgisch, verkatert, ohne jedoch einen Tropfen Alkohol getrunken zu haben, verrichtete ich tagsüber meine Arbeit in der Redaktion.

Was ich auch tat, die Begegnungen häuften sich und wurden intensiver. Wenn ich in Zeitschriften blätterte, sahen mich große, fragende Auge an. Bei Reportagen im Fernsehen, ja selbst bei den Tagesnachrichten hatte ich das Gefühl, in die hilfesuchenden Augen dieser Kreaturen zu blicken.

Und es wurde noch schlimmer.
Nach einer Weile hatte ich sogar das Gefühl, dass diese Lebewesen Kontakt zu mir aufgenommen hatten. Sie schienen meine Gedanken zu manipulieren und langsam hatte ich Angst, den Verstand zu verlieren.
Ich träumte von Tauchgängen in ihrem seichten uns unbekannten Element. Sie ließen mich zwischen sich hindurch schwimmen, Angst war ihnen fremd, ganz nah kamen wir uns, in meinem Traum durfte ich sie sogar berühren.

Dann geschah doch etwas, das die Dinge wieder in Gang brachte. Dr. Werner rief an.

Er schilderte mir die Tage nach der Pressekonferenz, berichtete von seiner Festnahme und den folgenden Wochen, die er in einer psychiatrischen Klinik in Einzelhaft, wie er es nannte, verbringen musste. Er sei mittlerweile suspendiert worden. Wie einen Geistesgestörten hätte man ihn behandelt und ihn über Wochen mit Psychopharmaka vollgepumpt. Professor Steiny sei damals Hals über Kopf abgereist, von ihm habe er nichts mehr gehört.

Es täte ihm Leid, falls ich damals Unann-
ehmlichkeiten in Kauf habe nehmen müssen, aber
man habe ihn gezwungen, meinen Namen
preiszugeben, ich sei der einzige Journalist
gewesen, der von der Pressekonferenz unbehelligt
verschwinden konnte.
Er schien am Telefon apathisch und klang nicht
ganz bei der Sache.
Von meinen Gefühlen gegenüber den Kreaturen
und den Gedanken, die mich nicht mehr losließen,
sagte ich nichts. Dr. Werner schien mittlerweile
mit dem Erlebten abgeschlossen zu haben. Ich
wollte ihn nicht noch einmal aufwühlen und in
alten Wunden stochern.
Da ich ab dem nächsten Tag schon wieder für
einen Woche in Salzburg unterwegs war, wollten
wir uns bei meinem nächsten Aufenthalt in
München, den ich allerdings zeitlich nicht fixieren
konnte, treffen.

Wo denn seine Bilder geblieben seien, wollte er
wissen. Niemand könnte ihm Auskunft über deren
Verbleib geben.
Zögerlich gestand ich auch ihm den vermeintlichen Verlust.

Diese Notlüge wird er mir später verzeihen,
dachte und hoffte ich.
Nach einer längeren Pause seufzte er: »Schade,
dann werden wir die Leute der Bohrfirmen und
die Betreiber nicht aufhalten können. Alles war
umsonst. Schade, wirklich schade um uns und

diese wunderschönen Lebewesen und um unseren Planeten.«

Seine Stimme klang schwermütig und traurig.
»Ich danke Ihnen trotzdem, machen Sie es gut.«
Ohne ein weiteres Wort legte er auf.
Stundenlang beschäftigten mich seine Worte, was meinte er damit?

„Schade, wirklich schade um uns und diesen wunderschönen Planeten."
Glaubte er wirklich an die Zerstörung unserer Erde? Und standen diese Lebewesen in Verbindung mit einem von ihm befürchteten Weltuntergang?
Ich verrichtete zwar weiterhin meine Arbeit und schrieb auch die von mir verlangten Reportagen, war aber seit den Geschehnissen in München nicht mehr 100-prozentig bei der Alltagsarbeit. Meine teilweise geistige Abwesenheit wurde natürlich auch in der Redaktion bemerkt, worauf ich den Posten als stellvertretenden Chefredakteur wieder los war.
Eigentlich war ich ganz froh um diese Degradierung, hatte ich doch nun etwas mehr Zeit, eine Strategie, einen Plan auszuarbeiten.

Der Titel »Chefredakteur« und das Geld bedeuteten mir nichts mehr. Meine Gedanken kreisten nur noch um ein Ziel:
Wie kann ich diesen Lebewesen helfen?
Und ich traf mich regelmäßig mit Bea.

Vor einer Woche fand ich in meinem Briefkasten einen Umschlag ohne Absender.

Er enthielt die Pressemitteilung einer großen Münchner Tageszeitung, darin war von heißem Thermalwasser, das eher zufällig bei Bohrungen südlich von München gefunden worden war, zu lesen.

Eine neue, umweltschonende Energie war gefunden worden.

Ein Lobgesang auf die thermische Nutzung für ein Fernwärmenetz und sogar für die Stromgewinnung folgte.

Von den verheerenden Folgen für die Lebewesen und deren Lebensraum war in diesem Bericht natürlich nicht die Rede. Auch von Dr. Werner und dem Eklat bei der Pressekonferenz stand kein Wort geschrieben.

Nur Dr. Werner, der Professor und ich glaubten wohl noch daran, was sich dort unten abspielt. Ach ja, und Bea wusste, nach meinen Schilderungen mittlerweile auch Bescheid.

In dem Artikel war weiter zu lesen, wie sich die Verantwortlichen beweihräucherten.

In gewohnter Manier wurden die Leistungen der Geschäftsführer des Bohrunternehmens, die kommunalen Politiker, die zuständige Behörde sowie der Bürgermeister gelobt. Sie standen mit stolz geschwellter Brust in der ersten Reihe und glotzten selbstbewusst in die Kamera.

Eher zufällig sei man bei diesen rein wissenschaftlichen Bohrungen in einer Tiefe von über 4000 Metern auf Heißwasservorkommen gestoßen, die nun angezapft und kommerziell genutzt werden könnten. Die Mengen, die Temperaturen und die enormen Schüttmengen – immerhin fast 200 Liter je Sekunde – stünden zu Heizzwecken zur Verfügung, und sobald man über die erforderliche Technik verfüge, sogar zur Stromgewinnung.

Auch sei ein Thermalbad mit Wellness und Schönheitsfarm im nahegelegen Forst geplant. Die Ideen für ein Wellness und Spa- Paradies sprudelten so wie die Heißwasserquellen Sprudeln sollten. Bereits in den nächsten Wochen sollten die Voraussetzungen für die kommerzielle Nutzung der Bohranlage erörtert und im nächsten Jahr die weiter erforderlichen Bohrarbeiten realisiert werden. Alle schienen begeistert. Auch ich konnte einen gewissen Nutzen dieser Vorkommen nicht abstreiten. Nur der von mir miterlebte Abgang Dr. Werners und die Geschehnisse passten nicht so recht zu der Bekanntgabe und trübten, wenigsten in meinen Augen, das Gesamtereignis.

Was, wenn ich der Einzige war, der überhaupt über diese Lebewesen und die von Dr. Werner geschilderten Folgen berichten konnte?

Plötzlich spürte ich einen enormen Druck auf meinen Schultern, es schnürte mir die Kehle zu.

Mit wurde immer klarer: Ich allein trage die Verantwortung für die Nichtveröffentlichung und deren Folgen.

Endlich traf ich die Entscheidung. Erleichtert schaltete ich meinen PC an und begann mit der Arbeit. Ich machte mich daran, das Erlebte aufzuschreiben und mit jedem Wort fühlte ich mich besser.

Anonym oder unter einem Pseudonym wollte ich schreiben.

Es sollte über die Entdeckung fremdartiger, bis dato unbekannter Lebensformen im Thermalwasser, möglichen Vertuschungsversuchen und den von Dr. Werner beschriebenen Folgen die Rede sein.

Das ganze Wochenende und die ganze Nacht hindurch schrieb ich wie besessen. Mittlerweile graute der Morgen, und meine Story war bis auf wenige Seiten fertig, zumindest fürs Erste. Natürlich mussten noch einige Formulierungen abgeändert und manche Passagen fließender formuliert werden, aber das Gröbste war geschafft.

Ein gutes, erleichterndes Gefühl strömte durch meinen Körper. Ein Gefühl zu helfen, ohne einen Dank dafür zu erhalten oder auch nur zu erwarten.

Auch die Überschrift stand schon fest:

»Töten wir Atlantis?

Unbekannte Lebensformen im Erdinneren entdeckt!«

Dazu wollte ich das aussagekräftigste der Bilder abdrucken.

Wassertemperatur 124,3° C, Tiefe 4438 Meter, Druck 293 bar/cm³

Ein international anerkannter Professor und ein deutscher Forscher, so sollte zu lesen sein, hätten bei einer Pressekonferenz vor einiger Zeit von Horrorszenarien berichtet: drohenden Erdbeben und anderen Naturkatastrophen, die durch die unkontrollierte Entnahme von gewaltigen Mengen Thermalwassers, Öl, Gas oder Kohle entstehen können. Bei der geothermischen Nutzung der Heißwasservorkommen und der späteren Zurückführung des stark abgekühlten Wassers ins Erdinnere käme es am Rein-jektionsbereich außerdem zu riesigen Kälte-blasen. Die unglaublich großen unterirdischen Wasservorkommen könnten schnell auskühlen und eine Temperatur von nur noch 40° C würde alle Anstrengungen zur Nutzung dieser neuen Energiequellen unrentabel machen.

Auch hatte ich die gefundenen unbekannten Lebewesen erwähnt.
Der Autor dieser Zeilen wäre sogar im Besitz der einzigen Beweisbilder, auf denen unzweifelhaft fremdartige Lebensformen in den Heißwasser-Reservoirs zu erkennen seien. An ihrer Echtheit könne kein Zweifel bestehen.

Ich änderte alle Namen und verschwieg sogar, dass es sich um ein Bohrloch in der Nähe von München handelte. Stattdessen schrieb ich nur noch von einer Fundstelle in Oberbayern.
Der damalige Leiter der Bohrungen, ein Dr. der Physik aus Deutschland, habe diese Lebewesen als »Thermal-Biotics« bezeichnet. Er hatte erheblichen Anteil an der Entwicklung der Thermalwassergewinnung. Zwischenzeitlich sei er in den wohlverdienten Ruhestand versetzt worden. Mittlerweile war es hell geworden, ich speicherte das Manuskript auf zwei verschiedenen Diskette, Eine versteckte ich in meiner Wohnung die andere wollte ich am Hauptbahnhof in einem Schließfach verwahren. Einmal druckte ich mir den Text aus.
Ohne ihn zu lesen oder gar zu korrigieren legte ich den Entwurf auf meinen Schreibtisch. Dass ich daran noch arbeiten musste, war mir klar. Aber jetzt fielen mir die Augen zu, ich war erschöpft und musste erst einmal schlafen.

In den nächsten Tagen nahm mich der Alltag völlig in Beschlag und in der Redaktion wurde ich mit Arbeit überhäuft. Auch auf dem Schreibtisch in meiner Wohnung türmten sich mittlerweile Berge von Zeitschriften und anderen Papieren.

Dazwischen lag irgendwo das Manuskript.
Wenn ich wieder etwas Zeit habe, schreibe ich weiter, ging es mir durch den Kopf.
Bea und ich verbrachten ein gemeinsames langes Wochenende in meiner Wohnung. Nur einmal gingen wir außer Haus, um uns beim Italiener an der Ecke etwas zum Essen und eine Flaschen Rotwein zu holen.
Unsere Liebe war wieder aufgeflammt, und ich genoss die Stunden mit ihr sehr. Wir redeten viel.
Belanglos unterhielten wir uns auch über die Ereignisse in München und ihr gestand ich auch, dass ich damals als ich Nachts mit dem Taxi von München nach Wien kam zuerst am Hauptbahnhof einen Zwischenstopp einlegte. Bevor ich damals zu meinem Chefredakteur ging verstaute ich meine Mitbringsel in einem Schließfach.
Zu behaupten, ich hätte die Bilder damals in München im Hotel liegenlassen, hatte sich über all die Zeit als richtiger und geschickter Schachzug erwiesen.
Als ich am Montag gegen elf Uhr vormittags aufwachte, war Bea verschwunden. Auf dem Tisch ein Zettel.

»Hab mir das Manuskript und den Schlüssel des Schließfachs ausgeliehen. Falls ich, was ich vermute die Originalbilder im Schließfach finde, werde ich mir Kopien machen und dir die Originale wieder zurückschicken.
Bis bald, Bea.«

Trotz des vermeintlichen Diebstahls blieb ich gelassen, vielleicht brächte Sie den Mut auf, der mir bisweilen fehlte.

Eine Woche später sorgte ein Artikel auf dem Titelblatt der ZÜRICH & DIE WELT
für landesweit heftigste Reaktionen.
Bea hatte tatsächlich das Manuskript an sich genommen und sie unter falschem Namen an den Verlag gesendet. Und ich konnte ihr nicht einmal richtig böse sein.

Über dem Bild, auf dem Thermal-Biotics zu erkennen waren, prangte die mir bekannte Überschrift:
»Atlantis lebt!
Unbekannte Lebensformen im Erdinneren entdeckt«

Mein innigster Wunsch nach dieser Veröffentlichung wäre es gewesen, dass es im ganzen Land, nein, sogar auf der ganzen Welt, zu Solidaritätskundgebungen für den Erhalt des Lebensraumes dieser Geschöpfe käme. Und zu heftigsten Protesten vor dem Bohrgelände und den Büroniederlassungen der Bohrfirmen im ganzen Land.

Auch dadurch würden die Entdeckungen von Dr. Werner immer weiter in die Öffentlichkeit getragen. Mithilfe der Bilder sollte es gelingen, die Menschen zu sensibilisieren und ein Umdenkprozess in den Köpfen der Verantwortlichen stattfinden.

Ich hoffte inständig, dass sich schnell Gleichgesinnte zu den Wissenschaftlern, Tierschützern, Umweltschützern, Künstlern und bekannten Persönlichkeiten gesellten. Die Politiker ebenso wie die Verantwortlichen der Bohrfirma hätten beschließen müssen, die Entwicklung der Druckverhältnisse und die Temperaturveränderungen der Heißwasservorkommen genauestens zu beobachten und gegebenenfalls die weitere Entnahme zu reduzieren oder ganz einzustellen.

Man würde die Thermal-Biotics und ihren Lebensraum unter allen Umständen schützen. So gäbe es eine echte Chance für diese einzigartigen Geschöpfe.

Leider blieb mein Wunsch bislang ein Traum.
Zwar kam es nach der Veröffentlichung tatsächlich zu einzelnen Demonstrationen. Diese wurden aber von den Sicherheitskräften im Keim erstickt. Es wurde eine Nachrichtensperre verhängt und von ganz oben ein Vorhang des Schweigens über die ganze Angelegenheit

gebreitet. Einzelne Stellungnahmen waren zu lesen und zu hören, die offiziellen Erklärungen aber waren immer die gleichen:
Es gibt keine Lebensformen im heißen, unterirdischen Wasser. Ein Risiko durch die Entnahme von Öl, Gas und Thermalwasser sei nicht bekannt. Ein gewisser Dr. Werner, der den ganzen Unsinn mit diesen Lebewesen in die Welt gesetzt habe, sei mittlerweile in psychiatrischer Behandlung. Für die Bevölkerung bestünde keinerlei Gefahr.
Erstaunlich schnell, gelassen und gutgläubig ging die Öffentlichkeit mit den Darstellungen der Obrigkeiten um. In den Medien wurde nichts mehr berichtet.
Meiner Meinung nach ging man völlig übereilt zum Tagesgeschäft über, die Story wurde als erfunden abgetan und jeder, der daran glaubte, als naiv und leicht manipulierbar.
Die ganze Angelegenheit geriet schnell in Vergessenheit. Der Verbleib der einzigen Beweise, der Originalbilder, nach denen so heftig gesucht wurde, blieb geheim. Angeblich sollten sie, so war aus Insiderkreisen zu hören, in irgendeinem Tresor im Ausland lagern. Etwas später wurde bekannt: Über das Internet habe ein amerikanischer Millionär, der namentlich nicht genannt wurde, einer Wiener Firma, die sich auf den Handel mit skurrilen Werken spezialisiert hat, zwölf Millionen Dollar für die Originale geboten, die ein junger Journalist seinerzeit nach Wien geschmuggelt hatte.

Im Gegenzug sei vereinbart worden, dass das entsprechende Manuskript als Buch gedruckt wurde und zur Übersetzung in andere Sprachen frei stünde. Nur wenige Wochen später erschien dann tatsächlich ein kleines Buch mit Aufnahmen dieser im Erdinneren lebenden Kreaturen.

Es ging nun wirklich um die ganze Welt, ebenso sorgte die Darstellung einer wilden Verfolgungsjagd um den Besitz dieser einzigen Beweismittel für Aufsehen. Nach langen Diskussionen befanden Experten die Bilder als echt.

So wurde diese fast unglaubliche Geschichte doch noch präsentiert und es bleibt mir die Hoffnung, dass sich in den Herzen und Köpfen der Menschen etwas ändert.

Ob sich mein Verlag, für den ich damals tätig war, tatsächlich in Wien befindet und ob mein Name, der unten angegeben ist, stimmt, bleibt mein Geheimnis.

Bitte haben Sie Verständnis für diese Sicher- heitsmaßnahme.

Bleibt zum Schluss natürlich die alles entscheidende Frage, die ich auch Dr. Werner gestellt habe:

»Was, wenn diese Lebensformen tatsächlich existieren? Was geschieht, wenn Sie, sehr geehrter Herr Dr. Werner, mit Ihren Befürchtungen hinsichtlich der neu entstandenen Hohlräume im Erdinneren, den Einsturzgefahren und den daraus resultierenden katastrophalen Folgen für die Erde und alle Lebewesen Recht behalten?«

In seinem letzten Antwortschreiben schilderte mir Dr. Werner seine Meinung dazu:

»Lieber, hoch geschätzter Freund,
ich befürchte, dass der Mensch als einziges Lebewesen dieses Planeten dumm genug ist, sich sehenden Auges seine eigene Lebensgrundlage zu zerstören. Er sagt, er sei Teil des Ganzen, lebt aber nicht danach.
Er ist das einzige Lebewesen, das verheerende Spuren seiner Existenz hinterlässt.
Er wird diese Tiere töten und die gesamte Population ausrotten, so, wie er schon unzählige Lebewesen und deren Lebensraum zerstört hat.
Wir werden einfach so weiterleben wie bisher, glauben wir doch in unserem Wahnsinn tatsächlich, wir seien die Krönung der Schöpfung und dürften uns über alle Gesetze der Natur hinwegsetzen.

Moralische und ethische Grenzen sind längst verschwommen, Menschlichkeit wird als Schwäche ausgelegt. Was machbar ist, darf der Mensch auch machen. Es gibt für ihn keine Tabus. Hoffnung, dass die Folgen, mit denen wir rechnen müssen, nicht ganz so heftig wie befürchtet ausfallen, kann ich Ihnen leider nicht machen. Ich habe mich damit abgefunden.

Diese Entwicklung sehe ich mittlerweile als karmisch an. Der Planet wird auch das überleben, ob wir dann noch dabei sind, ist allerdings fraglich.

So kann ich mit den Folgen unseres Handelns besser umgehen, was aber nicht bedeuten soll, dass wir einfach so weitermachen können wie bisher. Als sei all unser Handeln gerechtfertigt.
Diese Folgen sind bereits heute nicht zu übersehen. Nichts haben wir im Griff. Gar nichts.

Das sollte jedem klar werden, der die Größen-verhältnisse des Menschen im Vergleich zur Erde oder zum gesamten Kosmos bedenkt. Es wird der Tag des Zusammenbruchs des uns bekannten Weltbildes kommen, und ich befürchte, dass es uns spätestens Mitte des nächsten Jahrhunderts voll treffen wird.
Die weiteren Folgen möchte ich an dieser Stelle nicht vertiefen.

Ihnen, lieber Freund, danke ich für Ihr Engagement und den Mut, den Sie dadurch bewiesen haben, dass Sie diese Geschichte und die Bilder veröffentlicht haben. Mit Gottes Hilfe sehen wir uns wieder.
Ihr Dr. Werner

PS: Ich habe mir ein größeres Grundstück mit einer Quelle und einem kleinen Waldstück

gekauft. Ich pflanze nun mein eigenes Gemüse an und führe ein bescheidenes Leben.
Ich bin glücklich!«

Zeilen, die mich zutiefst bewegten. Auch bei mir hat sich einiges geändert. Ich habe vor Kurzem eine kleine Erbschaft gemacht. Damit gründete ich meinen eigenen Verlag. Ich bin absolut unabhängig und schreibe über Ereignisse und Dinge, über sogenannte heiße Eisen, die sich sonst kaum einer traut anzufassen.
Ich scheue mich nicht, den Menschen die nackte Wahrheit vor Augen zu halten.

Bleibt zu hoffen, dass durch die Veröffentlichung dieser und ähnlicher Vorkommnisse ein Umdenkprozess in Gang gesetzt wird und da nehme ich mich auch nicht aus, deutlich mehr Rücksicht auf unsere Erde und den Grasfrosch in unserem Garten nehmen.

Vielleicht haben wir doch noch eine Chance, dann, wenn wir uns den Gesetzmäßigkeiten des Kosmos unterwerfen und die neu entdeckte Verantwortung auch bereit sind zu tragen.

Euer Paulo

Der Autor

lebte und arbeitet 18 Jahre auf seinem Hof in der Nähe der Bohrlö-
cher

„In den Nächten wurde ich über
Monate von schabenden, kratzen-
den Geräuschen wachgehalten.

Nach ausgiebiger Recherche fand
ich heraus, dass es sich hierbei um
die Bohrgeräusche der Tiefenbohrungen in etwa 5 Kilometer Ent-
fernung handelte.

Das durchdringen der harten Gesteinsschichten war
insbesondere nachts Kilometer weit zu hören. Dort
wurde nach Thermal Wasser gebohrt. Hier fand diese
Geschichte ihren Anfang. Eine Geschichte die von der
Entdeckung bislang unbekannter Lebewesen im ko-
chend heißen Thermalwasser, in über 4000 Meter tiefe
erzählt. Existieren diese Lebewesen tatsächlich?
Sind sie zu retten und welche Gefahren bestehen für
diese Lebewesen und die Menschen durch die Nutzung
dieser Heißwasser Quellen?

Bislang veröffentlicht:

**RAUMSCHIFF Teslar- SX 23
antwortet nicht. Sputnik 13. Verschollen im
Weltall.**
Der Kindheitstraum eines kleinen Jungen, als
Astronaut fremde Planeten zu erkunden, geht in
Erfüllung. Bei seiner Reise durch das All soll der
mittlerweile ausgebildete Astronaut mit seinem
hypermodernen Raumgleiter im Orbit einige
Reparaturen an der Raumstation durchführen, an
einem Satelliten ein neuartiges Empfangssystem
installieren und einige neuartigen Techniken testen.
Als der Rückflug zur Erde eingeleitet wird, schaltet
sich auf Grund mehrere Fehlfunktionen der zu
Testzwecken an Bord befindliche Teslaantrieb zu dem
normalen Antriebsystem hinzu. Die Möglichkeiten,
den Raumgleiter zu manövrieren, erweisen sich als
sehr gering. Das Überleben im Al ist Dank der
modernen Technik an Bord möglich.
Das viel größere Problem ist, dass das Raumschiff
nicht mehr zu steuern ist und sich immer weiter von
der Erde entfernt. Über viele Jahre hinweg geht der
Kosmonaut in Zeit und Raum verloren. Ohne
Hoffnung, seine Familie und die Erde je wieder zu
sehen, beschließt er, seinem aussichtslosen Dasein ein
Ende zu bereiten.
Alle lebenserhaltenden Aggregate werden abgestellt.
Dem Tode nah macht er eine sensationelle
Entdeckung. Sein Shuttle wird von einem Lichtstrahl
erfasst und geführt. Spannend wird die Geschichte des
kleinen Jungen bis hin zu diesem Schicksalhaften
Weltraumflug erzählt. Ob er je wieder zur Erde
zurückkann und was ihn dort erwartet ist fraglich.

Der letzte Atemzug,

Im Kampf um Liebe und Licht, um die Herrschaft über die Erde, stehen sich die Dämonen, die Verbündeten der Finsternis und des Verderbens den Lichtkriegern des Fürsten Rana gegenüber. An der Seite des Fürsten der Rote Reiter. Ob er mit seinen Legionen helfen kann, bleibt ungewiss. Zunächst scheint es um einen Kampf in althergebrachten Dimensionen zu gehen. Schon bald wird aber klar, es geht um das Ganze, es geht um den Kampf der Kämpfe. Hier wird nicht um Land und Reichtümer gekämpft. Vielmehr entbrennt ein mit äußerster Härte geführter Kampf um den gesamten Erdball, um alles, was war und jemals sein werden würde. Es geht um unsere bestehende Weltordnung mit für Millionen damit verbundenes Leid, ein Kampf gegen Unterdrückung und Ausbeutung, Egozentrik und Rücksichtslosigkeit: Fürst Rana führt seine Legionen mit 350.000 Kriegern des Lichts in einen scheinbar aussichtslosen Kampf. Der Tod scheint gewiss bei der kaum noch vorstellbaren gewaltigen Übermacht der eine Million Dämonenkrieger, ausgestattet mit Waffen von grausamster Zerstörungskraft. Schon bald wird dieser Kampf entschieden, ist er doch bereits seit langer Zeit auch um uns herum und überall im Gange. Bald muss sich die gesamte Menschheit entscheiden, auf welcher Seite sie stehen und kämpfen will. Der Ausgang dieser Schlacht wird von uns allen selbst mitentschieden.

Diese Geschichte ist nichts für schwache Gemüter, beschreibt sie in vielen Passagen doch auch unsrer Zeit. Nicht für Kinder geeignet.

Atlantis lebt!

Unbekannte Lebensformen im Erdinneren entdeckt.
Anfang der 1990er-Jahre begann man südlich von München mit Tiefenbohrungen auf der Suche nach neuen Energiequellen.
In einer Tiefe von über 4000 Metern stößt das Forscherteam unter dem damaligen Leiter Dr. Werner auf ein riesiges Reservoir von 140° C heißem Thermalwasser.
Bei der Auswertung machen die Wissenschaftler eine unglaubliche Entdeckung:
Dr. Werner kann bislang völlig unbekannte Lebensformen in dem heißen Wasser nachweisen.
Auf einer Pressekonferenz zu dieser Sensation kommt es zum Eklat: Offenbar wollen Wirt-schaftsverbände und Politiker die Resultate vertuschen. Schlägertrupps stören die Veranstaltung und versuchen an die beweiskräftigen Bilder zu kommen.

Einem jungen Journalisten aus Wien gelingt es, diese einzigen Beweise für die Existenz der Lebewesen zu stehlen, und gerät in einige Schwierigkeiten.
Ob die neue Lebensform der Thermal-Biotics eine Chance hat, ist fraglich.

Ein engagiertes Buch für den Erhalt unserer Erde und ein friedliches Miteinander ihrer Bewohner.

1. Das Geheimnis der alten Ming-Vasen und
2. Letzter Aufruf Afrika.

Auch für Kinder zum Vorlesen geeignet.

1. **Der Bauer Woh Kann Doo** hat eine Kuh namens Chie. Diese Kuh gibt jeden Tag einen Eimer beste Milch, von der er sich und seine Familie gut ernähren kann. Diese Kuh hat er von seinem Vater erhalten und der hat sie wiederum von seinem Vater. Sie ist seit vielen Generationen bei den Doo`s und sorgt für deren Auskommen. Da die Kuh seit jeher bestens versorgt und wie ein Familienmitglied behandelt wurde, war sie überglücklich und zufrieden. Noch nie hatte sie einen Gedanken an Leid, Krankheit oder gar den Tod verschwendet. Dadurch war sie unsterblich. Eines Tages packt den jungen Bauern die Gier. Ein Eimer Milch ist ihm nicht mehr genug. Er will raus aus dem kleinen Bauernhaus in dem die Doo`s seit Generationen leben. Ein neues, großes Steinhaus in der Stadt soll es sein. Mit der Kuh erhofft er sich das schnelle Geld. Er melkt seine Kuh immer häufiger, bis sie schließlich drei Eimer Mich am Tag gibt. Das eigene, gute, frische Futter von seinen Feldern verkauft er und kauft billiges Schimmliges Heu. Er Chie in einen dunklen zugigen Stall. Keiner kümmerte sich mehr um sie. Nur noch alle 3 Tage wird ausgemistet. Zum Trinken gibt es abgestandenes Wasser. Die Kuh Chie ist darüber so unglücklich, dass sie das erste Mal in ihrem Leben an Krankheit und Tod denkt. Das sie im Sterben liegt bemerkt der gierige Bauer erst, als es fast schon zu spät ist.

2. Letzter Aufruf Afrika,

Eindrucksvoll wird von einer Nomadengruppe berichtet, die wie jedes Jahr im Herbst ins warme Winterquartier aufbrechen will. Wenige Tage vor Aufbruch, wird ein junges Mitglied einer Familie durch ein Ungeschick schwer verletzt. Er ist nicht in der Lage, diese schwere Reise an zu treten.

Als die Sippe aufbrechen will, kann sich diese Familie dem übrigen Glan nicht anschließen, da ihr Junge die Anstrengungen nicht überstehen würde.

Trotz des nahenden Winters beschließen die Sippenanführer noch eine Woche zu warten. Aber auch nach dieser Zeit würde er die Strapazen nicht überleben. Weiteres Abwarten würde das Überleben der ganzen Sippe gefährden. Als die übrigen Familien in den frühen Morgenstunden aufbrechen, bleibt die Mutter bei ihrem verletzet Jungen und hofft auf ein Wunder.
Die Lage ist aussichtslos. Ein überwintern in diesen Breiten würde alle das Leben kosten.
Alleine wäre der beschwerliche und gefährliche Weg, keinesfalls zu schaffen. Von Tag u Tag wird es kälter und die ersten Fröste überziehen das Land.
Eine Geschichte, über Zusammenhalt, Zuneigung, Mut und eisernem Willen

Mallorcas Kraftplätze. Mit der Wünschelrute zu den Kraft- Plätzen der Insel Mallorca.

Mallorca einmal anders. Die Zauberinsel im Mittelmeer nicht nur auf den üblichen Landschaftsrouten der Touristen, sondern mit den Augen und allen Sinnen eines leiden-schaftlichen Wünschelrutengängers betrachtet. Denn der Autor ist selbst Einer von dieser seltenen Spezies, ein besonders begeisterter und erfahrener. In diesem Buch nimmt er uns mit auf seine abenteuerliche Spurensuche. Seine einzigartigen Erfahrungen, die intensive Kommunikation mit Tieren, Pflanzen und Steinen, spannender geschildert als jeder Krimi, faszinieren. Aber auch die üblichen Reiseinformationen über die schönsten Buchten, die erlangen Strände, die pittoresken kleinen Dörfer, die Highlights der größeren Städte und die Glanzlichter der Inselhauptstadt Palma werden nicht ausgespart. Neben der Beschreibung vieler Sehenswürdigkeiten, nimmt uns der Autor mit auf ausgewählte, von ihm persönlich durchgeführte Wanderungen. Anschaulich und nachvollziehbar vermittelt der Autor die Handhabung der Wünschelrute und den Gebrauch des Pendels. Mit Hilfe dieser uralten Techniken, die fast vergessen waren, ergeben sich ungeahnte Möglich-keiten. Sie eröffnen uns eine ganz neue Sichtweise, wir erleben dadurch wunderbare, manchmal unglaublich erscheinende Dinge und Begegnungen der besonderen Art. Dieser Reisebericht ist ein einzigartiges Geschenk. Der Zugang zu einer Welt, die einem bis dahin vielleicht fremd und unbekannt war: wunderbar bereichernde Erlebnisse und Erfahrungen, die auch in unser Alltagsleben ein-fließen werden.

Rana, und die alte Linde, Hüter des Orakels und des goldenen Amulettes.
Leben auf dem Kultplatz!
3.000 Jahre, die wechselvolle Geschichte eines Dorfes aus der Sicht der Bäume.
Dies ist die wechselvolle Geschichtete eines kleinen Dorfes. Sie beginnt etwa 1.000 Jahre vor Chr. Die Chronik des einstigen Kultplatzes wird von den nahen Bäumen am Waldrand erzählt.
Hierbei spielt die alte knorrige Linde eine besondere Rolle. Sie steht da seit Beginn der Zeit und hat so manches erlebt, all dies gibt sie in dieser Erzählung weiter. Sie hat die Aufgabe den Kultplatz zu schützen und die Geister der Finsternis zu vertreiben.
Vor 3.000 Jahren wird der junge Rana erstmals von seinem Vater Gunnar, der zur Sippe der Krähen gehört, mit zur alten Linde Heros genommen. Dort erfährt er von seinen besonderen Fähigkeiten mit Bäumen und Pflanzen kommunizieren zu können. Zwischen Rana und den Bäumen entsteht eine besondere Beziehung. Rana und sein Nachkomme sollen den Platz und seine Geheimnisse für immer schützen.
In unserer Zeit wird Jakob, ein Familienvater, ohne sein Wissen von den Bäumen als Beschützer des Ortes auserwählt. Dabei soll ihm die Kraft des goldenen Amuletts helfen. Er soll den Kampf gegen die Mächte der Finsternis im Sinne Ranas weiterführen und endgültig für die Mächte des Lichts entscheiden.
Ein verbitterter Kampf um den einstig heiligen Platz. Die Familie um Jakob gerät hierbei in Lebensgefahr. Wird es gelingen diesen Ort zu befrieden?

100

Die letzten ihres Stammes

Im Bereich der Sagen umwobenen Mascaschlucht und den unzugänglichen Bergen und Schluchten Teneriffas verstecken sich seit hunderten von Jahren die Nachkommen der Guanchen.

Paul hat seit einer halben Ewigkeit nichts mehr von seinem Jugendfreund Robert gehört, als ihn plötzlich die Nachricht erreicht: Robert ist tot und er hat ihm sein Eigentum, eine verfallene Stein Hütte auf Teneriffa hinterlassen, wo er viele Jahre seines Lebens verbrachte. Paul entscheidet sich das Erbe anzunehmen und fliegt nach Teneriffa. Dort begegnen ihm die merkwürdigsten Ereignisse und er stößt in einem alten Tagebuch auf ein Geheimnis, das er nie für möglich gehalten hätte. Nicht nur er interessiert sich dafür, auch die spanische Regierung wird auf ihn und das Geheimnis aufmerksam.

Gibt es die in diesem Tagebuch von Robert beschrieben Ureinwohner tatsächlich. Wieso und warum verstecken sie sich dort und unternehmen alles ihre Existenz geheim zu halten?

Verse & Gedanken
Eine Sammlung von Gedichten, Versen und vielen
Kurzgeschichten.

Kunstaktionen.
Eine Zusammenfassung ironischer, selbstkritischer
und provokativer Aktionen der letzten 25 Jahre.

Bilder und Skizzen.
Ein Resümee vieler Arbeiten aus zwei Jahrzehnten.
Öl, Acryl, Kohlezeichnungen und Radierungen.

Skulpturen.
Dreidimensionale Kunst aus Stein, Holz und Metall

land-art.
Vergängliche Kunst in und mit der Natur.
Die Königsdisziplin

Vita

Paulo   Aktionskünstler   und   Autor.
1957 in der Nähe der Deutsch-Französischen Grenze
geboren.
Mit 12 Jahren kreierte er seine ersten Holzskulpturen
und nahm an Ausstellungen teil. Texte und Gedichte
folgten ab dem 17 Lebensjahr.
Kunst in Form von Bildern und Skulpturen begleitete
in fortan.
Über die Jahre zahlreiche Einzel- und Grup-
penausstellungen. Neben seiner handwerklichen
Ausbildung mit vier Meistertiteln und zahlreichen
Schulungen im In- und Ausland, zog es ihn 1984 nach
Bayern. Auf dem Gebiet alter fast verloren
gegangener Handwerkstechnicken war er ebenso, wie
im Bereich der Kulissen-gestaltung- und Kulissen-
malerei aktiv.
In Oberbayern lebte er 20 Jahre auf seinem Hof, auf
dem er neben seinem beruflichen/künstlerischem
Engagement mit seiner Familie, Ponys, Pferden,
Ziegen, Schafen und Kaninchen ein Therapiezentrum
für Kinder betrieb. Heute lebt und arbeitet der
Künstler in Bad Tölz. Hier widmet er sich voll und
ganz seiner Passion der Kunst und des Schreibens.
Gerade die Nähe der Berge, die Natur und der sich
ständig wandelnde Fluss der Isar inspirieren ihn.
Er absolvierte er eine Schamanische und Geo-
mantische Ausbildung.
Wikipedia: **Geomantie** oder *Geomantik*
(altgriechisch] „Erde" „Weissagung", also in etwa
Weissagung aus der Erde) ist auch eine Form des
Hellsehens, bei der Markierungen und Muster in der
Erde oder Sand, Steine und Boden zum Einsatz
kommen. Heute ist die Geomantie im ursprünglichen
Sinn in Europa fast verschwunden. Der Begriff wird

heute für andere Methoden verwandt, zum Beispiel in Zusammenhang mit den sogenannten Ley-Linien, die eher dem chinesischen Feng Shui ähneln.

Die Lehre eines Shaolin-Mönchs und die Atempausen in Klöstern führten ihn weiter auf seinem Lebensweg. Dabei erlernte er fast vergessene Methoden und Vorgehensweisen, unter anderem ganz bestimmte Traum Meditationen. Durch die Fähigkeit sich in Tagträumen voll und ganz in die jeweiligen Schauplätze und die Protagonisten seiner Erzählungen zu vertiefen, gelingt es ihm, vielerlei verborgene Dinge zu spüren und zu sehen.

Seine Empfindungen, Erlebnisse, die Begegnungen und die Abenteuer, die er bei seinen Reisen erlebt, gibt er in seinen Büchern und Erzählungen weiter, die er neben seinen künstlerischen Arbeiten seit vielen Jahren verfasst. Abenteuergeschichten, Romane, Science- Fiction und Märchen um Trolle, Zwerge, Feen, Elfen und zauberhafte Fabelwesen nehmen seine Leser mit in eine wunderbare Welt der Fantasie.

In vielen seiner Texte, Umwelt- und Friedensaktionen greift er ökologische, gesellschaftliche und soziale Themen auf. Er mischt sich seit über 30 Jahren aktiv ein und bezieht klar Stellung. Seine Geschichten tragen oftmals eine geheimnisvolle, subtile und doch einfache Botschaft zum Schutz der Erde und der Welt, in der wir leben, in sich anregend, selbstkritisch, ironisch, spannend, anschaulich, zauberhaft.

Weitere Infos: www.erdpate.de

„Im Mittelpunkt meiner Arbeiten steht die Erde,
die ich als eigenständiges Lebewesen betrachte,
sie ist für mich die Materialisierung der
göttlichen Existenz."

Die Erde ist vollkommen sie kann nicht
verbessert werden.
Wer sie besitzen will wird sie verlieren.
Wer sie ausbeute wird sie zerstören.

www.erdpate.de